Vom Leben geschrieben

Bibliografische Information der Deutschen Nationalbibliothek: Die Deutsche National-bibliothek verzeichnet diese Publikation in der Deutschen Nationalbibliografie; detail-lierte bibliografische Daten sind im Internet über http://dnb.dnb.de abrufbar.

Satz und Layout: © Karl Miziolek 2019

Herstellung und Verlag:

BoD–Books on Demand. Norderstedt

ISBN 9783748178989

Karl Miziolek

Vom Leben geschrieben

Inhalt

Der erste Herbstabend

Draußen zog ein Sturm auf. Er peitschte die ersten Regentropfen gegen die Fenster von Jeannettes Wohnzimmer.

Gedankenverloren starrte sie auf das leere Whiskyglas auf dem Couchtisch. Eigentlich wollte sie aufstehen und sich etwas von ihrem Single Malt eingießen. Allein das Prasseln des Kaminfeuers erzeugte in ihr schon ein Gefühl wohliger Wärme und Geborgenheit. Sie lehnte sich auf dem Sofa zurück und schloss die Augen. Lange schon sehnte sie sich nach solch einem Abend.

Gestern auf dem Nachhauseweg hatte es schon nach Regen gerochen, und sie hatte den nahen Herbst gespürt. Langsam begannen die Bäume ihre Blätter abzuwerfen. Der Wind wurde spürbar kühler.

Jeannette liebte den Herbst, die frische Luft, die beim Öffnen der Fenster in das Zimmer strömte. Die leuchtenden Farben, welche die Natur jetzt zeigte und die auch ihren Garten so schmückten. Die Abende am Kaminfeuer.

„Es wird Zeit, die Garderobe zu wechseln", dachte sie und kuschelte sich in ihre bunt gemusterte Kaschmirdecke, die sie über den Knien liegen hatte. Ihre Gedanken waren überall und nirgends, unvermittelt musste sie an den gutaussehenden jungen Mann denken, der sie gestern in der U-Bahn angelächelt hatte – zumindest hatte sie sich das gedacht.

Es ist schön, wenn sich jemand für einen interessiert, aber das Alleinsein hat auch seinen Reiz, wie jetzt zum Beispiel, redete sie sich ein.

Jeanette erhob sich, legte noch ein Holzscheit in den Kamin, schenkte sich nun doch den Whisky ein und kuschelte sich wieder auf die Couch.

Sie schloss die Augen. Der Regen wurde stärker, das Trommeln an die Fensterscheiben und das Knistern des Feuers wirkten hypnotisch. Es begannen Bilder vor ihr aufzutauchen:

Halbnackt und mit offenem Haar lief sie durch die menschenleeren Straßen, hinter sich vernahm sie Schritte, die sie verfolgten. Sie drehte sich nicht um, sondern lief immer weiter und weiter, bis sie plötzlich, ganz außer Atem, in einem Garten mit wunderschönen bunten Blumen stand. Ein junger Mann kam auf sie zu. Er lächelte sie an und strich ihr zärtlich über das Haar, mit dem der Wind spielte.

Wortlos nahm er sie in die Arme. Seine Hände waren zärtlich und behutsam. Die Berührung ließ sie erschauern, und sie schmiegte ihren Körper fest an den seinen. Lange schon hatte sie solche Zärtlichkeit nicht mehr gespürt.

Sie erwachte. Das Feuer war fast abgebrannt, das Whiskyglas stand noch gefüllt auf dem Couchtisch. Sie erhob sich, nahm das Glas und kippte den Whisky in einem Zug hinunter, als wollte sie damit etwas wegspülen.

Er schmeckte schal.

Mit halbgeschlossenen Augen schlurfte sie

in ihr Schlafzimmer und legte sich ins Bett – dort wartete sie auf die Fortsetzung ihres Traumes.

Vergeblich. So endete der erste Herbstabend.

Heiße Liebe

Über Wien fegte ein Schneesturm, aber es half nichts, Sonja musste hinaus. Sonja war Mitte vierzig und geschieden und hatte ihr erstes Rendezvous mit Erich. Er schrieb ihr, er sei heute in Wien und es wäre eine gute Gelegenheit für ein Treffen.

Sie hatte ihn im Internet kennengelernt. Er hatte sie um ein Treffen ersucht, damit sie einander endlich persönlich kennenlernen konnten. Erich wohnte in Niederösterreich, in einer kleinen Ortschaft in der Nähe von Wien. Per E-Mail und WhatsApp hatten sie schon länger Kontakt gehalten und sich, aufgrund gemeinsamer Interessen, zueinander hingezogen gefühlt. Auch Sonja war schon neugierig, sonst hätte sie wegen des miesen Wetters heute abgesagt. Zuerst hatte sie überlegt, ob sie Erich zu sich einladen sollte, verwarf aber den Gedanken wieder; es war ihr doch noch etwas zu riskant erschienen.

Sie hatten vereinbart, sich um 20 Uhr im „Schwarzen Adler" zu treffen. Erich würde einen Tisch bestellen. Sie hatte bewusst dieses Lokal vorgeschlagen, da es nicht weit von ihrer neuen Wohnung entfernt lag. Der „Schwarze Adler" war ein eher einfaches kleines Gasthaus, wie man sie noch heute in den Außenbezirken finden kann, aber mit einer hervorragenden Küche. Es war ein Familienbetrieb, die betagte Besitzerin stand noch selbst in der Küche. Die Bedienung ein alter, freundlicher Ober. Das

Mobiliar hatte auch schon bessere Zeiten gesehen. Aber die wenigen Tische waren mit einem bunten, sauberen Tischtuch bedeckt und eine kleine Vase mit Plastikblumen stand darauf.

Sonja war zufällig einmal zu Mittag da gewesen, als sie ihre neue Wohnung bezog, aber die Küche noch nicht fertig war.

Ein eisiger Wind trieb die Schneeflocken vor sich her und peitschte sie ihr ins Gesicht, als sie das Haus verließ. Der dichte Schneefall verfinsterte das ohnehin schwache Licht der Straßenbeleuchtung. Sonja erreichte schließlich nass und abgekämpft das Lokal. Als der Ober ihr beim Eingang aus dem Mantel half, stand ein Mann von seinem Tisch auf und winkte ihr zu. Sonja erkannte ihn sofort, er sah genauso aus wie auf dem

Foto, das er ihr per Mail gesendet hatte. „Schön, dass du gekommen bist, ich hatte schon befürchtet, dass dich das Wetter abschrecken würde", begrüßte er Sonja. „Ehrlich gesagt, überlegt hatte ich es schon", sagte Sonja lächelnd. „Aber der Weg ist ja nicht so weit." Das hatte sie Erich bereits geschrieben, doch ihre genaue Adresse hatte sie ihm absichtlich noch nie genannt. „Ich bin mit der Straßenbahn gekommen, das Auto zu nehmen war mir zu gefährlich, bei dem Wetter", sagte Erich.

Nachdem sie einen Aperitif eingenommen hatten, fragte Erich: „Darf ich dich heute Abend einladen?" Sonja war es zwar nicht recht, sie bezahlte lieber selbst, aber dann stimmte sie zu, schließlich wollte sie den Abend nicht mit einem Misston beginnen lassen. Erich übernahm nun die Bestellung. Inzwischen hatte der Ober mitbekommen, dass es sich hier um ein Kennenlern-Dinner handeln dürfte, stellte eine Kerze auf den Tisch und zündete sie an. „Soll ich eine zweite Karte bringen?", fragte er. Eine lag üblicherweise immer auf dem Tisch. „Nein, danke", sagte Erich. Er fragte Sonja, ob sie lieber Weißwein oder Rotwein trinken wolle, und ob er danach das Menü zusammenstellen dürfe. Sonja war überrascht, so zuvorkommend war noch kein Mann ihr gegenüber gewesen.

Gerne trinke sie Rotwein, sagte sie. Nachdem er die Seite mit den Weinen in der Speisekarte durchgesehen hatte, bestellte Erich eine Flasche „Sankt Laurent Reserve" aus dem Burgenland. Die Flasche kostete 40 Euro.

„Nicht übel!", dachte Sonja.

„Wir nehmen als Vorspeise eine Hühner-bouillon mit Grießnocken", schlug er vor.

„Bist du damit einverstanden?"

Sonja hatte nichts dagegen. Als Hauptgang bestellte Erich dann ein Hirschragout „nach Jägerart" mit Kroketten und Preiselbeeren, nachdem er Sonja gefragt hatte, ob sie auch Wild mochte.

Sie hatten sich während des Essens viel zu erzählen.

Erich hatte ihr geschrieben, er sei auf Ge-schäftsreise in Griechenland und käme erst einen Tag vor dem Treffen zurück. Sonja erzählte von ihrer Übersiedlung in die neue Wohnung und den damit verbundenen Schwierigkeiten.

„Jetzt gönnen wir uns noch einen guten

Nachtisch", meinte Erich schmunzelnd. „Ich bin es zwar nicht gewohnt, so spät so viel zu essen, aber zur Feier des Abends mache ich eine Ausnahme", sagte Sonja und lachte. Sie entschieden sich für die „Heiße Liebe", Vanilleeis mit heißer Himbeersoße. Gerade als die Nachspeise aufgetragen wurde, stand Erich auf und meinte: "Bitte entschuldige mich einen Augenblick", und ging auf die Toilette.

„Jetzt iss aber, sonst wird die ‚Heiße Liebe' schnell kalt", meinte Sonja und grinste, als er zurückkam.

„Wir sollten noch eine Flasche Rotwein nehmen", schlug Erich vor. Sonja war so angetan von Erich und wie sich die Situation mit ihm entwickelte, dass sie nichts dagegen hatte. Durch die angeregten Gespräche bemerkte sie gar nicht, dass es inzwischen schon spät geworden war.

„Jetzt wird es aber langsam Zeit für mich, ich muss morgen früh in die Arbeit fahren und wer weiß, wie das Wetter sein wird", meinte sie.

„Ich bin so froh, dich endlich persönlich kennengelernt zu haben", sagte er. „Lass uns noch in Ruhe austrinken." Erich wollte Sonjas Hand nehmen und stieß dabei sein Rotweinglas um. Er versuchte es zu halten, dabei zerbrach es in seiner Hand, und aus seinem Daumen sickerte Blut.

„Hast du dich geschnitten?", fragte Sonja besorgt.

„Nicht der Rede wert", meinte er. „Es ist nur ein kleiner Schnitt, aber leider ein Riesen-Rotweinfleck auf meiner Hose."

Der Ober kam sofort, als er das Missgeschick bemerkte. Während dieser die Scherben entfernte und Sonja mit ein paar Servietten versuchte, die Bescherung auf dem Tischtuch zu bereinigen, der Rotwein war in alle Richtungen geflossen, sagte Erich: „Ich gehe nur schnell und wasche mir die Hose aus!" Zum Ober gewandt, bat er: „Vielleicht haben Sie noch ein Pflaster für mich?"

Als der Ober nach zwei Minuten mit dem Pflaster zurück war, war Erich noch nicht wieder da.

„Wo ist der Herr, es wird ihm doch nicht schlecht geworden sein?", sagte der Kellner zu Sonja. „Keine Ahnung", antwortete sie. Fünf Minuten später dauerte ihr die Sache auch schon zu lange.

„Ich werde nachsehen, was los ist", sagte der Ober und ging zur Toilette.

Dort traute er seinen Augen nicht, denn von dem Gast war weit und breit keine Spur. Er berichtete Sonja, dass der Herr verschwunden sei.

„Das gibt es doch nicht", rief Sonja entsetzt.

„Nun beruhigen Sie sich erst einmal, gnädige Frau", versuchte er Sonja zu besänftigen.

Er war einer jener Wiener Ober, welche eine ganz besondere Art haben, sich um die Probleme ihrer Gäste zu kümmern, und ihre Sorgen schon ahnen, bevor diese sie aussprechen.

„Es war Ihr erstes Rendezvous mit dem Herrn, nehme ich an."

„Ja", flüsterte Sonja kaum hörbar. Sie war bleich wie ein Leintuch und immer noch wie erstarrt.

„Soll ich die Polizei rufen?" fragte der Kellner. „Ich weiß nicht – ob das einen Sinn hat, ich kannte ihn ja nur vom Internet und – keine Ahnung, ob sein Name echt war", erwiderte sie.

Dann fiel ihr ein: „Es muss doch noch seine Garderobe da sein, zu mir sagte er, er sei mit der Straßenbahn gekommen. – Vielleicht finden wir da einen Hinweis auf seine Identität", ergänzte sie.

„Jetzt, wo Sie es sagen, fällt mir ein, dass der Herr einen recht schäbigen Mantel hatte", antwortete der Ober.

„Er hängt noch dort", berichtete er nach einer routinierten Überprüfung der Garderobe. „Die Taschen sind leer." Jetzt war den beiden klar: Erich hatte sich, während sie mit der Beseitigung der Bescherung auf dem Tisch beschäftigt gewesen waren, aus dem Staub gemacht.

Ganz langsam kehrte die Farbe in Sonjas Gesicht zurück, und sie gewann auch wieder an Sicherheit. Sie überlegte, wie es dazu hatte kommen können. Erich, oder wie er hieß, hatte ihr erzählt, dass er zwar viel Geld verloren hätte, dies durch den Verkauf eines Grundstücks in Griechenland aber bald ausgleichen würde. Nur im Moment ginge es ihm nicht gut. Vielleicht hatte er sie anpumpen wollen? Sie hatte ihm einmal geschrieben, dass ihr Exmann sie hatte auszahlen müssen, als sie ihm nach der Scheidung die gemeinsame Wohnung überließ. Doch heute, erinnerte sich Sonja, hatte sie ihm ihr Leid geklagt, dass sie sich durch den Kauf ihrer neuen Wohnung ziemlich übernommen habe. Was sie von ihrem geschiedenen Mann erhalten hatte, habe für die neue Wohnung bei weitem nicht gereicht, und sie sei ebenfalls nicht sehr flüssig – es reiche gerade fürs Leben. Da dürfte er mitbekommen haben, dass bei ihr nichts zu holen war.

„Schauns, gnä Frau, jetzt is' scho passiert, moch' ma ka Drama draus", bemerkte der Ober, plötzlich im Wiener Dialekt. Sonja hatte sich soweit gefasst und fragte ihn: „Wieviel macht es denn aus?"
Der Ober legte Sonja die Rechnung vor. „300 Euro, gnädige Frau", sagte er, unnötigerweise, sie konnte es ja selbst lesen und erschrak. Sie hatte nur 100 Euro eingesteckt.
„Jetzt habe ich ein Problem", meinte sie. „Ich habe nur 100."
„Dann rufen wir halt doch die Polizei", sagte der Kellner.

„Nein, bitte nicht! Gibt es keine andere Möglichkeit, das zu bereinigen?"

Der Ober sah, wie sich Sonjas Augen langsam mit Tränen füllten. Kellner der alten Wiener Schule haben oftmals mehr Menschenkenntnis als so mancher Psychiater. „Worn S' net scho amoi do?", fragte er. „Irgendwie kuman S' ma bekaunnt vur".

„Ja, vor einiger Zeit einmal zu Mittag", antwortete Sonja.

„Pass'n S' auf, gnä Frau, geb'n S' ma de 100 Euro, schreib'n S' ma Ihna Namen auf, die Adress' und de Tölefonnumma, und bis übermurgn bringen S' ma de 200, einverstaundn?", schlug er vor.

„Danke. Sie sind ein Schatz", sagte sie erleichtert. Als er ihr den Mantel brachte, küsste sie ihn spontan auf die Wange.

„Nau, do wer i no gonz rot", lachte der Ober. „Wann i net do bin, geb'n S' es afoch ob und sogn, des is firn Josef."

Wie versprochen, brachte Sonja schon am nächsten Tag den restlichen Betrag in das Restaurant. Es wurde trotz dieser widrigen Umstände zu ihrem Lieblingslokal, und zum Ober Josef baute sich eine fast freundschaftliche Beziehung auf, die sie bis zu seiner Pensionierung aufrechterhielten.

Die E-Mail-Adresse und der WhatsApp-Account von Erich waren noch in derselben Nacht aus dem Netz verschwunden.

Das Kind im Manne

Ein strahlender Tag kündigte sich an, wolkenloser Himmel und schon am frühen Morgen herrlich angenehme Temperaturen. Es war soweit, heute bekam Peter sein neues Auto. Sein alter Wagen war schon etwas in die Jahre gekommen ¬– wie er selbst auch.

Er hatte sich den Kauf wohl überlegt und sich ausgiebig mit der Konfiguration seines Wunschautos beschäftigt.
Da er trotz seines fortgeschrittenen Alters ein Technikfreak war, wollte er so viele wie möglich von den elektronischen Hilfen nutzen, die heute in den Fahrzeugen angeboten wurden.

Ob alles wirklich notwendig sei, bezweifelte er ja, aber es würde sicherlich Spaß machen. Die Ein- und Ausparkhilfen zum Beispiel sind sicher etwas Nützliches, dachte er. Heute sieht man ja kaum durch die meist kleinen Heckscheiben, die Autos sind auch höher als früher. Wenn er sich an seinen ersten Fiat 1100 – Baujahr 1956 – erinnerte, da hatte man noch schön rundum gesehen. Man brauste mit 36 PS durch die Gegend.

Natürlich hatte er seitdem immer wieder Autos gehabt, an denen man die technische Weiterentwicklung bemerkte. Aber bei der heutigen Generation von Autos war doch ein gewaltiger Sprung an technischer Entwicklung zu beobachten.

Auch die Dichte des Verkehrs war mit der

von damals nicht zu vergleichen. Er musste lächeln, als er sich zurückerinnerte, wie er damals mit dem Fiat 1100 auf Reisen war und man sich begeistert begrüßte, wenn einem ein Landsmann irgendwo im Ausland entgegen kam.

„Die Zeit lässt uns altern, aber die Veränderungen halten uns dennoch jung", sagte er zu sich.

Sein Auto durfte alles haben, nur kein Automatikgetriebe. Er wollte, so wie seit über 60 Jahren, zumindest noch selbst schalten. Das war aber die einzige Vorgabe an die Ausstattung seines „Neuen".

Peter hatte sich schon im Internet, auf der Seite des Herstellers seines Wunschautos, die Videos und Erklärungen der Ausstattungen der einzelnen Modelle angesehen und sich mit den Fachausdrücken vertraut gemacht. Auch die Funktionen kannte er schon aufgrund der Video-Erklärungen. Daher blieben die bei der Übernahme eines neuen Autos üblichen einweisenden Erklärungen des Verkäufers auf das Notwendigste beschränkt.

Ein wenig Wehmut kam schon auf, als ein Mechaniker die Kennzeichen des „Alten" demontierte und am Neuen anbrachte.

Der Verkäufer übergab Peter den Autoschlüssel und die Fahrzeugpapiere. „Ich wünsche Ihnen viel Glück und eine gute Fahrt mit Ihrem ‚Schätzchen'!"
„Vielen Dank!", erwiderte Peter. Er konnte es kaum erwarten, endlich das Auto in Besitz zu nehmen. Als er knapp vor dem Auto

stand und die Türe öffnen wollte, klappten schon die Seitenspiegel nach außen. Ein schlüsselloses Zugangssystem entriegelte die Türen, ohne dass man den Schlüssel aus der Tasche nehmen musste.

Peter setzte sich auf den Fahrersitz und studierte die Schalter und Knöpfe am Armaturenbrett, die er ja aufgrund seiner Informationen schon kannte. Er wusste, dass das Auto nicht mittels des Schlüssels gestartet wurde, sondern mit einem Startknopf.

„Dann wollen wir mal", sagte Peter leise. Kurz die Taste gedrückt, und schon lief der Motor.

Ein Bildschirm, das „Infotainment", welches in der Mitte des Armaturenbretts eingebaut war, wurde hell und zeigte Symbole wie Info, Unterhaltung, Telefon, Navigation und Einstellungen. „Das werde ich mir in Ruhe zuhause ansehen", sagte er zu sich.

Peter legte den Retourgang ein und löste die elektronische Handbremse mittels eines Kippschalters. Im Display des Infotainments zeigte eine Kamera die Umgebung hinter dem Auto, und Sensoren meldeten durch lautes Piepsen, dass sich links und rechts parkende Autos befanden. Langsam fuhr Peter aus der Parklücke.

Das war genau nach Peters Geschmack. „Herrlich", rief er und lachte.

Ein Blick auf die Benzinanzeige sagte ihm, dass er tanken sollte. Er hatte sich die vielen Möglichkeiten des Informationssystems zwar erst zuhause ansehen wollen, aber die

Neugierde war dann doch zu groß. Peter wusste, dass er, um alle technischen Möglichkeiten des Infotainments nutzen zu können, sein Smartphone mittels Bluetooth mit dem Auto verbinden und auch auf seinem Smartphone einen „Hot Spot" einrichten musste, um über das Handy eine Internetverbindung im Auto zu haben. In wenigen Minuten war die Koppelung des Smartphones mit dem Auto erfolgreich abgeschlossen.

Jetzt juckte es Peter gleich einmal, die angegebene Sprachsteuerung des Systems auszuprobieren. Er drückte die vorgesehene Taste am Lenkrad, und eine freundliche Stimme fragte sofort: "Was möchten sie tun?" Er wusste schon, dass das System nur bestimmte Anweisungen verstand, wie

„Navigation", „Anrufen", „Hilfe" usw. Peter wollte ja zu einer Tankstelle fahren. „Navigation", sagte er. Und schon zeigte das Display seinen momentanen Standort an. Peter drückte erneut den Knopf. „Was möchten Sie tun?", fragte wieder die Stimme. „Tankstelle", sagte Peter kurz. Schon erschienen die in der Nähe liegenden Tankstellen nach Entfernung geordnet am Bildschirm.

Die Stimme forderte: „Sagen Sie eine Zeilennummer". Peter entschied sich für die nächste Tankstelle und sagte: „Zeile 1".

Pieps! Und schon zeigte das Navigationssystem den Weg und führte ihn mit sicheren sprachlichen Anweisungen schnell zur gewünschten Tankstelle. Anschließend fuhr er sofort nachhause, da er vorhatte, am nächsten Tag für einige Tage in jene Gegend zu fahren, wo er seine Kindheit verbracht hatte.

Peter kannte natürlich die Strecke, aber er wollte doch wissen, ob ihn das „Navi" genauso führen würde, wie er immer fuhr. Bevor es am Morgen losging, musste er das Navi richtig einstellen und die Optionen der Route festlegen. Es wurden drei verschiedene Routen vorgeschlagen: schnell, kurz und optimal. Auch musste man einstellen, ob man Straßen meiden wollte, z.B. Autobahnen, Mautstraßen und vieles mehr. Peter nahm alle Einstellungen vor und gab dann sein Ziel ein. Erst versuchte er es mit der Sprachsteuerung, scheiterte aber kläglich. Vielleicht sprach er zu undeutlich. Aber mit dem „Touch-Screen" funktionierte es auf Anhieb und schnell. Die Route wurde berechnet, und nach wenigen Sekunden ging es los. Während ihn das System sicher in Richtung seines Ziels führte, konnte Peter weitere angenehme Möglichkeiten des Infotainments erfahren.

Am Armaturenbrett klappte das „Head-up-Display" heraus, ein kleines Display zwischen Lenkrad und Frontscheibe, auf dem man die Verkehrszeichen für die jeweils erlaubte Geschwindigkeit eingespiegelt sah und die tatsächliche Geschwindigkeit. Ebenso wurde es hier angezeigt, wenn das Navi eine Richtungsänderung angab. Man musste also nie den Blick von der Straße nehmen. Ein Signal ertönte und eine optische Warnung im Seitenspiegel erschien, wenn man überholen wollte und sich ein Fahrzeug im toten Winkel befand.

Peter war begeistert. „So macht Autofahren Spaß", lachte er laut. Auf der Autobahn war sehr wenig Verkehr, und so konnte er gleich auch den Tempomaten ausprobieren. Bei 110 km/h drückte er den „Set"-Knopf, und schon übernahm das System das Gaspedal.

Nach einigen Kilometern erschien plötzlich auf seinem Head-up-Display, begleitet von einem kurzen „Pieps", eine Kaffeetasse und der Hinweis: „Machen Sie eine Pause!" Die „Müdigkeitserkennung" hatte angesprochen. Peter fühlte sich keineswegs müde, aber da er bei der naheliegenden Raststätte ohnehin immer Pause machte, folgte er der Anweisung. Nachdem er einen Kaffee getrunken und sich etwas die Beine auf dem Parkplatz vertreten hatte, ging die Fahrt weiter. „Jetzt werde ich mich einmal zuhause melden", überlegte er. Peter drückte wieder den Knopf am Lenkrad für das Infosystem.

„Was möchten Sie tun?" klang es aus dem Lautsprecher.

„Anrufen", antwortete Peter.

„Was möchten sie anrufen, Name oder Telefonnummer?"

„Name", antwortete er. Schon sah er auf dem Display seine Kontakte vom Smartphone.

„Wen möchten sie anrufen?", wollte die Stimme wissen.

„Zuhause", antwortete er kurz. Nach wenigen Sekunden war die Verbindung hergestellt. Nachdem er seiner Frau Hilde geschildert hatte, wie toll alles im neuen Auto funktioniere und alles in Ordnung sei, verabschiedete er sich mit den Worten: „Ich melde mich am Abend, Bussi."

Hilde wünschte ihm noch weiterhin eine gute Fahrt. Es war noch ein Weg von ca. einer Stunde zurückzulegen, bis die freundliche Stimme sagte: „Sie haben ihr Ziel in 200 m erreicht. Ihr Ziel befindet sich auf der linken Seite."

Peter hatte zwar viele Verwandte in der Gegend, bei denen er hätte übernachten können, aber er wollte lieber unabhängig sein und hatte schon seit Jahren einen Landgasthof als Stammquartier.

Natürlich wurde er gleich vom Inhaber auf sein neues Auto angesprochen. Der alte Besitzer, den Peter noch aus Kindertagen kannte, hatte schon vor einigen Jahren den Betrieb an seinen Sohn Martin übergeben. „Tolles Auto! Automatik oder Schalter?", fragte er. „Schalter", sagte Peter.

„Der hat doch ...", Martin zählte gleich alle technischen Daten sowie die elektronischen „Helferlein" auf, für die Jugend heute eine Selbstverständlichkeit. Am nächsten Morgen, es war ein Sonntag, besuchte Peter nach der Kirche auch das Grab seiner Großeltern. Als er in das Gasthaus zurückkam, war der „Frühschoppen" voll im Gange. Er kannte natürlich viele, die am Stammtisch saßen, teils aus der Kindheit, teils von seinen Besuchen in all den Jahren.

„Hallo Peter, hock di her do", lud ihn gleich in breitem Dialekt ein alter Freund ein. „Wos host'n do fir an Flitzer?", wollte ein anderer wissen. Es hatte sich natürlich in dem kleinen Dorf sofort herumgesprochen, dass Peter da war und ein neues Auto hatte. Jetzt musste Peter alles erklären. Die alten Herren waren natürlich auch nicht weltfremd, die meisten hatten ja selbst moderne Autos.

Aber diese elektronischen Spielereien waren doch neu für sie. Es dauerte nicht lange, und die Sprache kam auf die alte Zeit, wo so etwas noch Utopie war.

„A Navi hots net braucht, mir hob'n so a gwisst wo ma hi woin", lachte einer, und alle stimmten ihm zu.

„Unsere Viecher hob'n kann Tempomaten braucht, de hob'n gwisst wia schnö's geh miassen", sagte ein anderer, und wieder lachten alle.

„Müdigkeitserkennung, so an Schmorrn hob'n ma a net kennt, waun ma miad woan, san ma steh'n bliebn", und wieder lachte die ganze Runde. So blödelten die alten Herren noch eine Weile weiter und ließen in Gedanken die alten Zeiten wieder wach werden. Plötzlich hatte der Seniorchef, der auch am Tisch saß, eine Idee.

„Wos is, Peter, drah ma a Runde?", fragte er.

Peter war einverstanden, und so gingen drei der „alten Knacker" mit Peter zum Auto.

Jetzt war Peter in seinem Element, erklärte und zeigte gleich das „schlüssellose Zugangssystem". „Des is oba praktisch, do brauchst waunst bsoffen bist net des Schlisslloch suachen", sagte einer und lachte. Nachdem die Herren Platz genommen hatten, erklärte Peter kurz das Infosystem und die Anzeigen am Display.

40

Das besondere „Highlight" war natürlich für alle die Sprachsteuerung. Jeder wollte es einmal ausprobieren. Geduldig und auch ein wenig stolz ließ Peter jeden einmal einen Befehl eingeben. Einer wollte in die Stadt zur Apotheke fahren, wusste aber nicht, ob sie heute Dienst hatte. Rufen wir erst einmal an, meinte Peter. Mit wenigen Handgriffen war sein Smartphone mit dem System verbunden. Ein solches Gerät hatte inzwischen jeder der Herren.

Er zeigte ihnen nun gleich, wie das sprachgesteuerte Telefonieren funktionierte. Die Apotheke hatte heute Dienst, und so fuhren sie mit dem Navi sprachgesteuert zur Apotheke.

Auf dem Heimweg meinte einer: „Kaun i den Martin auruafen?" „Nau klor", sagte

Peter. Er erklärte dem Freund, was er sagen musste.

Peter drückte den Knopf am Lenkrad. Wie immer erklang die Stimme: „Was möchten Sie tun?"

„Anrufen", sagte der Freund.

„Was möchten sie anrufen, Name oder Telefonnummer?"

„Name" sagte der Freund, wie Peter es ihm erklärt hatte. Schon sah man die Kontakte am Display.

„Wen möchten sie anrufen?"

„Binder", sagte der Freund. Peter hatte die Nummer des Gasthofes ja eingespeichert. Und schon läutete es.

„Martin, schenk uns vier Bier ein, mir san glei do", sagte er und lachte. Von der Rückbank sagte einer: „An Bankomat host ober net eibaut." „Na, aber do in den Schlitz muass jeder Mitfohrer an 10er einehaun", lachte Peter und zeigte auf die Mittelkonsole.

Im Gasthof angekommen, wollte jeder vom Rest der Runde am Stammtisch natürlich genau wissen, wie die Fahrt gewesen war. Und so wurde weiter gequatscht, bis es Zeit wurde, nachhause zu gehen zum Mittagessen. So ging ein interessanter und lustiger „Frühschoppen" zu Ende.

Es war für Peter und auch die anderen Freunde eine kleine gedankliche Reise in die Vergangenheit. Jeder der Herren, die fast alle gleich alt waren, staunte immer wieder, was sich in den Jahren alles geändert hatte. In der Kindheit hatten sie nicht einmal elektrischen Strom auf ihren Höfen. Nur die größten Bauern hatten Pferde, alle anderen mussten mit Kühen und viel Handarbeit ihre Felder bearbeiten. Heute bestimmt die Technik und Elektronik weitgehend unser Leben. „Die Zeit lässt uns altern, aber die Veränderungen halten uns dennoch jung."

Der Kuhhandel

„Wann ist denn endlich die Schule aus", fragte sich der kleine Robert ungeduldig.

Robert besuchte seit September 1944 die zweite Schulstufe einer kleinen Dorfschule nahe der Grenze zur Tschechoslowakei. Seine Mutter hatte ihn aufgrund der sich anbahnenden Wirren des Krieges aus Wien zu ihren Eltern gebracht.

In dieser Schule waren alle vier Schulstufen der Volksschule in einem Raum untergebracht. Links die ersten zwei Reihen waren für die erste Schulstufe reserviert. Rechts für die zweite Klasse, von vorne gesehen, wo das Lehrerpult stand. Insgesamt waren es 20 Kinder. Ein alter Ofen stand noch im

Klassenzimmer, um den herum ein Gestell aus Eisenstangen gebaut war, auf dem die Kleider aufgehängt wurden, wenn sie durch Regen oder Schnee nass geworden waren.

Endlich sagte die Lehrerin: „So, bis Montag, Kinder, und vergesst nicht, über das Wochenende die Hausaufgabe zu machen!" Robert hatte schon gar nicht mehr richtig hingehört, er wollte nur nachhause. Sein Opa hatte ihm versprochen, dass er eine Überraschung für ihn habe, wenn er von der Schule kam.

Zum Opa hatte er eine besondere Beziehung, war dieser doch seine einzige männliche Bezugsperson in den Kindertagen. Mit viel Liebe und Geduld beantwortete er dem Kleinen alle Fragen. Der Vater war 1938 zur Wehrmacht eingezogen worden. Als Robert zuhause ankam, war der Opa noch im Wald.

„Der Opa kommt erst, wenn es dunkel geworden ist", erklärte ihm die Großmutter. Alle fünf Minuten jammerte er und ging der Oma auf die Nerven mit der Frage, wann es denn endlich dunkel werden würde.

Endlich kam der Opa.

„Wo ist meine Überraschung?", fragte Robert ihn, noch bevor er richtig die Stube betreten hatte.

„Du hast es aber eilig", lachte der Großvater. Er erklärte dem Kleinen: „Wir werden dann losgehen und eine Kuh holen, aber ich sage dir gleich, es wird sehr anstrengend werden!"

Ihre alte Kuh hatten sie vor ein paar Tagen wegen Altersschwäche, immerhin mit fast

16 Jahren, vom Schlachter abholen lassen müssen. Jetzt im Frühjahr war es Zeit, eine neue Kuh anzuschaffen, da bald die Feldarbeit begann.

„Wo gehen wir denn hin?", fragte Robert. Der Großvater nannte eine Ortschaft direkt an der Grenze.

„Es ist aber nicht ungefährlich, seit einiger Zeit wird an der Grenze wieder kontrolliert."

Die Kinder wurden immer wieder gewarnt, sich auf ihren Streifzügen durch den Wald der Grenze zu nähern. Sie war Robert unheimlich, aber sie bedeutete auch Abenteuer. Er wollte vom Opa mehr darüber wissen, was an einer Kontrolle gefährlich war, doch der ging nicht darauf ein. „Ich werde dir später einmal alles genauer erklären", sagte er.

Die Ortschaft lag zwei Stunden Fußmarsch entfernt von ihrem Dorf. Robert hatte den Namen zwar schon öfter gehört, aber dort war er noch nie gewesen.

„Ich habe euch etwas zum Essen und zum Trinken eingepackt", sagte die Großmutter.

Nun machten sich die beiden auf den Weg.

„Gott sei mit euch", sagte die Oma zum Abschied. Der Großvater nahm die Stofftasche mit dem Proviant, steckte einen Stecken durch die Henkel und nahm ihn auf die Schulter. Langsam wurde es finster.

„Gut, dass der Mond so schön leuchtet", sagte der Opa.

Robert kannte einen Teil des Weges, da sie dort ja jeden Sonntag in die Kirche gingen. Aber es war doch etwas anderes, bei Tag zu gehen als jetzt in der Dunkelheit, besonders, wenn der Weg durch den Wald führte.

„Wann sind wir denn da?", fragte Robert. Im dichten Wald stolperte er immer wieder über kleine Steine und Wurzeln und musste sich sehr konzentrieren, um nicht hinzufallen.

„Wir gehen jetzt nach links und nicht so, wie wir immer in die Kirche gehen", erklärte ihm der Großvater. „Gleich, wenn wir oben sind auf dem Hügel, siehst du schon die Häuser."

Nach einem kleinen Anstieg sahen sie durch die Bäume, dass noch in einigen Häusern Licht brannte. Es war inzwischen schon sehr spät geworden.

„Wir gehen jetzt noch ein Stück auf dem Waldweg direkt zur Grenze, dort machen wir Halt und du kannst dich ausruhen", sagte der Großvater.

Robert war hin und her gerissen, einerseits müde, anderseits neugierig und aufgeregt. Nachdem sie einige Zeit durch den Wald gegangen waren, sagte Opa: „So, hier warten wir!"

Er zeigte auf einen Grenzstein, der im fahlen Mondlicht deutlich zu sehen war.

„Ich dachte, wir holen eine Kuh", sagte der Kleine verwundert.

„Ja, die bringt uns jemand her", erklärte ihm der Opa.

Die Sache wurde für Robert immer spannender. „Lass uns etwas essen", sagte der Opa.

Die Oma hatte für Robert extra sogenannte „Glutnudeln" in die Tasche gepackt, die er so gerne aß. Das waren kleine, aus Teigresten vom Brotbacken geformte Nudeln, die kurz in der Glut gebacken wurden, bevor man den Ofen ausräumte. Aber selbst die konnten Robert nicht seine Müdigkeit vertreiben. Immer wieder fielen ihm die Augen zu. Der Opa zündete ein Streichholz an, um auf seine Taschenuhr zu blicken.

„Es ist gleich Mitternacht, bald wird unsere Kuh kommen", sagte er. Robert schlief schon halb. Als der Großvater sah, wie erschöpft der Kleine war, machte er sich Vorwürfe, ihn überhaupt mitgenommen zu haben. Er wurde durch ein Geräusch aus seinen Gedanken gerissen.

„Da kommt sie!", sagte er, und plötzlich war Robert wieder hellwach. Schon sahen sie schemenhaft, wie ein Mann des Weges kam, der eine Kuh führte. Nach einer kurzen Begrüßung per Handschlag übergab der

Mann die Kuh dem Großvater, ohne ein weiteres Wort zu sprechen. Der Opa nahm den Strick, und der Mann verschwand so leise, wie er gekommen war.

„Komm, wir müssen schnell ins Dorf, bevor uns noch eine Grenzpatrouille erwischt", sagte Opa. Das angrenzende Gebiet war seit 1939 „Reichsprotektorat", aber in dieen Tagen begann in der Tschechoslowakei ein großer Umbruch.

Mit dem Ende des Krieges wurden die Grenzen wieder hergestellt, und die Regierung begann mit der Vertreibung der deutschen Bevölkerung. Somit kamen den Grenzen wieder größere Bedeutung zu, und größte Vorsicht war geboten, um keine Grenzübertretung zu begehen.

Am Rande des Dorfes stand eine Scheune.

„Hier werden wir schlafen und morgen in der Früh nachhause gehen", sagte der Großvater. Kaum hatte es sich Robert auf dem Heu gemütlich gemacht, war er auch schon eingeschlafen.

„Robert, wach auf, wir müssen weiter!" Robert wusste im ersten Moment gar nicht, wo er war. Er kroch benommen aus dem Heu und ging vor die Scheune. Gleich nebenan befand sich ein Bauernhaus und davor ein Trog aus Stein, in den aus einem Brunnen immer Wasser floss. „Geh dich jetzt erst einmal waschen", sagte der Opa. Robert benetzte nur ein wenig sein Gesicht mit dem eiskalten Wasser. „Na! Nur nicht zu viel Wasser", lachte der Opa.
Während Robert seine Katzenwäsche durchführte, holte der Großvater die Kuh

aus der Scheune.

Er drückte Robert den Strick in die Hand: „Halte sie, ich gehe nur zu dem Bauern, um mich zu verabschieden."

Jetzt sah Robert erst, was für eine riesige Kuh das war. Ihr Stockmaß war bestimmt um einen halben Meter höher als das einer normalen Kuh. Zwei große Hörner zierten ihren Kopf.

Sie wartete geduldig und schien friedlich zu sein, doch der Kleine war froh, als der Opa wieder kam. Ganz geheuer war ihm dieses Riesenvieh nicht.

„Die ist aber groß", sagte er.

„Ja, aber dafür ist sie jung und kräftig und wir können mit ihr leichter pflügen und die Feldarbeit machen", erklärte ihm der Großvater. „Lass uns losgehen, es wird ein längerer Weg nachhause mit der Kuh, wir müssen sicher öfter eine Pause machen." So marschierten die drei langsam in Richtung ihres Dorfes.

Immer wieder mussten sie eine Pause einlegen, weil die Kuh etwas zu fressen suchte. Robert waren die Pausen nicht unangenehm, so konnte er sich auch ein wenig ausruhen.

Es war schon fast Mittag, als sie zuhause ankamen. Die Großmutter erwartete sie schon ungeduldig.

„Gott sei Dank, endlich seid ihr da", sagte sie erleichtert.

Sie bestaunte ebenfalls die Größe der neuen Kuh.

„Die wird die Arbeit leichter schaffen als unsere alte Hilde", meinte sie, zufrieden.

Diese nächtliche „Exkursion" blieb Robert noch lange in Erinnerung. Erst viel später, als er etwas älter geworden war und ihn die Mutter wieder nach Wien geholt hatte, damit er die Hauptschule besuchen konnte, wurde ihm bewusst, dass damals vermutlich nicht alles legal abgelaufen war.

„Ich werde den Opa fragen, wenn ich wieder auf Besuch bin", nahm er sich vor. Leider konnte er seinen Opa nicht mehr darauf ansprechen, denn dieser verstarb noch vor Roberts nächstem Besuch. Die Oma erklärte ihm dann, dass so ein grenzüberschreitender „Kuhhandel" in dieser Zeit zwar gefährlich, aber nicht unüblich gewesen sei.

Keine heiße Nacht

Bernd lag im Bett, vor sich den Roman, den er endlich zu Ende lesen wollte. Den hatte er schon einige Tage liegen gelassen.
Kaum hatte er sich in den Text vertieft, sah er aus den Augenwinkeln, dass seine Frau Rosi das Schlafzimmer betrat.

Etwas war ungewöhnlich daran und irritierte ihn. Dann blickte er auf und sah den Grund.
Rosi hatte schwarze Reizwäsche an, darüber ein hauchdünnes Negligé. Bernds Blick blieb an den halterlosen Strümpfen hängen. Jetzt begann Rosi sich im Türrahmen rhythmisch hin und her zu wiegen und spielte mit dem Negligé.

Bernd schluckte und legte das Buch zur Seite. Er betrachtete seine Frau, gespannt darauf, was da noch kommen würde. Ihre Bewegungen wurden immer eindeutiger und aufreizender. Schon leicht erregt, ließ er seinen Blick langsam von ihrem frisch geschminkten Gesicht nach unten gleiten. Da sah er, dass Rosi ihre ausgeleierten alten Filzschlapfen anhatte.

Seine Erregung schlug in Lachen um, das zu einem Lachkrampf wurde, je mehr er es zu unterdrücken versuchte.
Als er sich wieder erholt hatte, sah er nur noch die geschlossene Schlafzimmertüre.

Er seufzte, stand auf und suchte Rosi.
Sie war nirgends zu finden, doch die Türe zum Gästezimmer war versperrt.

Er klopfte.

„Rosi, Schatz", sagte er, „Verzeih mir!", und musste wieder lachen.

Es kam keine Antwort.

„Da werde ich mir etwas Besonderes einfallen lassen müssen, um das wieder in Ordnung zu bringen", dachte er und ging zurück ins Bett.

Am nächsten Morgen war es still und leer, von Rosi keine Spur. Ihn erwartete nur ein Zettel auf dem Küchentisch:

„Statt einer heißen Nacht gibt es nur kaltes Frühstück."

Ein heißer Morgen

Bernd hatte Rosis Nachricht gefunden und durchsuchte das Haus. Natürlich fand er seine Frau nicht, das hatte er erwartet. Er hatte schon einen Verdacht, wo sich Rosi aufhalten könnte: bei Marianne, ihrer Schwester.

Er wählte Mariannes Nummer. Sie meldete sich sofort. „Hallo, liebste Schwägerin, ist die Rosi vielleicht bei dir?", fragte er und versuchte seine Aufregung zu verbergen. Marianne antwortete nicht gleich und schien sich abseits des Telefons mit jemandem zu beraten. Dann bestätigte sie, dass Rosi bei ihr sei. „Danke, ich komme sofort", sagte er erleichtert.

Marianne legte das Telefon zur Seite und sah Rosi vielsagend an. Rosi hatte natürlich ihrer Schwester die Geschichte erzählt. Marianne hatte nicht so recht gewusst, ob sie über den Vorfall lachen oder empört sein sollte, wie Rosi es war. Wenn sie sich die Situation im Detail vorstellte, neigte sie zwar zu Ersterem, doch das wollte sie ihrer Schwester gegenüber nicht zugeben.

„Ich werde mich eines Tages rächen, und zwar dann, wenn er überhaupt nicht mehr daran denkt", sagte Rosi.

Marianne musste herzlich lachen.

„Da bin ich sicher, Schwesterlein, du bist ja nachtragend wie ein Elefant!"

Bernd besorgte einen großen Strauß Rosen, bevor er losfuhr. „Da bist du ganz schön ins Fettnäpfchen getreten, lieber Bernd", begrüßte ihn Marianne grinsend. „Da wieder herauszukommen, wirst du dich schon anstrengen müssen!"

Bernd beschloss, aufs Ganze zu gehen. Er fand Rosi im Wohnzimmer und kniete sich vor ihr hin: „Verzeih mir, Liebling, es war blöd von mir, es tut mir leid", dann überreichte er ihr den Strauß Rosen.
Insgeheim erwartete er eine kühle Abfuhr. Stattdessen lächelte Rosi süffisant. „Ach, lass es gut sein, Bernd, vielleicht habe ich auch ein wenig überreagiert." Sie schnurrte geradezu. „So schöne Blumen hast du mir schon lange nicht mehr geschenkt!"
Bernd war irritiert.
Das war verdächtig glatt abgelaufen. Letztlich war er aber froh, dass die Angelegenheit anscheinend erledigt war.

Die drei genossen noch gemeinsam den herrlichen Frühlingstag in Mariannes Garten.

Ein paar Monate später, es war im Juli. „Für heute wird der heißeste Tag des Jahres erwartet", meldete der Rundfunk.

Bernd stöhnte. „Diese Hitze, wie lange geht das denn noch?", klagte er.

„Ja, so einen heißen Juli hatten wir schon lange nicht", stimmte ihm Rosi zu. „Übrigens, Marianne kommt morgen zu Besuch und bleibt übers Wochenende."

„Ach Gott, müssen wir da wieder aus dem Gästezimmer in unser Schlafzimmer übersiedeln?", jammerte Bernd. „Dort ist es doch gerade unerträglich heiß!" Vor ein paar Jahren hatten sie den Dachboden ausgebaut und das Schlafzimmer nach oben verlegt, weil man dort eine herrliche Morgensonne hatte.

„Na, in den zwei Nächten werden wir nicht gleich zergehen", entschied Rosi.

Doch es kam, wie es kommen musste. Bernd warf sich von einer Seite auf die andere und zerwühlte das Leintuch. Er konnte nicht schlafen. Obwohl er schon nackt war, schwitzte er wie ein Schweinebraten im Rohr.

Ständig blickte er auf die Uhr. Rosi schlief. Ihr schien die Hitze nichts auszumachen, sie trug sogar einen dünnen Seidenpyjama. Um 6 Uhr stand Bernd auf, leise, er wollte Rosi nicht stören. Er hielt es im Bett nicht länger aus.

Als er in der Küche die Milch aus dem Eiskasten nahm, hörte er ein leises Trommeln am Fenster.

Das musste die Katze sein.

„Haben wir dich gestern wieder ausgesperrt, du Arme", sagte er liebevoll.

Bernd ging zur Haustüre und öffnete sie einen Spalt, um die Katze hereinzulassen. Da sah er, wie der Zeitungsbote gerade die Zeitung in die Box steckte und weiterfuhr. Ohne zu überlegen, öffnete Bernd die Türe ganz und ging die drei Stufen hinunter zur Zeitungsbox. Er griff nach der Zeitung, da hörte er, wie die Türe zufiel und abgesperrt wurde.

„Na, Bernd, heute Nacht nicht brav gewesen?", hörte er in dem Moment seinen Nachbarn lachen, der gerade seinen Hund äußerln führte.

Jetzt erst bemerkte Bernd, dass er ja noch

immer nackt war. Er hielt die Zeitung schützend vor die Genitalien und rannte in den Garten, um eventuell von der Terrasse aus in das Haus zu kommen. Vergeblich, die Terrassentür war natürlich auch abgesperrt, also wieder retour zur Haustüre. Auf dem glatten Stein strauchelte er und fiel fast in den kleinen Goldfischteich, wobei die Zeitung im Wasser verschwand. Als neuen Sichtschutz schnappte er sich den nächsten Blumentopf, in dem ausgerechnet ein Kaktus wuchs, und hielt ihn vor sich. Wieder an der Haustüre.

Er klopfte, nein, hämmerte mit einer Hand an die Türe, mit der anderen hielt er den Kaktus. „Lasst mich rein!", schrie er.

Die Straße vor dem Haus war eine beliebte Abkürzung zum Bahnhof. Einige der zum Bahnhof eilenden Menschen riefen ihm lachend gute Ratschläge zu, als sie seine nackte Kehrseite bemerkten.

Es dauerte eine Ewigkeit, so kam es ihm vor, bis Rosi und ihre Schwester endlich die Türe öffneten. Als sie Bernd so vor sich sahen, nackt und einen Kaktus vor seiner Männlichkeit, war ein Lachkrampf unausweichlich.

Rosi war ebenfalls wach gewesen und war Bernd hinunter in die Küche gefolgt. Als sie sah, dass Bernd hinaushuschte, hatte sie mit weiblichem Instinkt und angeborener Pfiffigkeit sofort die Situation erfasst. Jetzt oder nie!
Sie warf die Tür zu, drehte den Schlüssel um und holte ihre Schwester aus dem Bett. Die sollte Zeugin ihres Triumphes werden.

Bernd war fix und fertig. Er stürmte an den beiden vorbei und fiel schwer atmend auf einen Sessel in der Küche. Den Kaktus hielt er, sitzend, immer noch vor sich, was den beiden Frauen neuen Anlass zu unendlichem Gelächter gab.

„Du hast das mit Absicht gemacht", starrte er Rosi fassungslos an. „Ja mein Lieber, jetzt weißt du, wie das ist, wenn über einen gelacht wird", sagte Rosi schadenfroh, nachdem sie wieder zu Atem gekommen war. „Wer zuletzt lacht …"

Die Farbe Rot

Beim Frühstück sagte Renate zu Herbert, ihrem Mann: „Schatz, ich komme heute später. Mache wieder Überstunden."

Herbert las die Zeitung und tat so, als wäre es ihm egal. In Wahrheit irritierte und ärgerte es ihn, denn die Sache mit den Überstunden war ihm schon suspekt geworden. Ohne aufzublicken meinte er, scheinbar gelassen: „Aha! Vielleicht rufst du an, wenn du von der Firma wegfährst, dann kann ich das Abendessen vorbereiten."

Renate nickte. Innerlich schüttelte sie den Kopf. Herbert zeigte diese Gleichgültigkeit schon zu lange. Liebte er sie nicht mehr?

Warum sagte er nicht endlich einmal etwas dazu, dass sie so oft später heimkam? Sie war unglücklich darüber, so oft Überstunden machen zu müssen, aber es half nichts, die Firma musste unter großem Zeitdruck ein Mammutprojekt fertigstellen. Auch ihre Kollegen stöhnten und erzählten, dass sie deswegen zuhause schon Konflikte hatten. Doch wenn Renate mit Herbert darüber sprechen wollte, wie sehr sie die Mehrarbeit belastete und wie sie die ruhigen Abende mit ihm vermisste, sagte er meist nur: „Für mich ist das in Ordnung. Die Arbeit geht manchmal einfach vor."

War es Herbert vielleicht sogar recht, dass sie abends so oft abwesend war? Sie musste ihn endlich aus der Reserve locken und hatte bereits einen Plan.

Renate war schon aus dem Haus, als Herbert im Vorzimmer ihre Handtasche bemerkte.

Erst dachte er, Renate hätte sie vergessen. Dann sah er, dass sie leer war. Renate hatte heute offenbar eine andere genommen. Gerade als er die Tasche zurücklegen wollte, bemerkte er darin den Zettel. Ein abgerissenes Stück Papier mit einer Telefonnummer darauf, darunter ein einzelner Buchstabe: L.

Schon länger hatte er sich vorgenommen, der Sache auf den Grund zu gehen, wenn Renate das nächste Mal Überstunden machte. Er verschob sein Vorhaben aber immer wieder, denn er wollte ja nicht zeigen, wie eifersüchtig er war, und versuchte ihr mit seiner gespielten Gleichgültigkeit nur zu signalisieren, dass er ihr vertraute. Aber jetzt war für ihn das Maß voll.

Ohne zu zögern, rief er die Nummer an. Ein Lokal antwortete, ein Fischrestaurant, dessen Name ihm gut bekannt war, denn er hatte mit Renate schon oft dort gegessen — tatsächlich war es jenes Restaurant, in dem sie sich zum ersten Mal getroffen hatten. Und offenbar hatte Renate für heute Abend dort einen Tisch reserviert.

Herbert war ratlos. Was wollte sie dort? Für ein Arbeitsessen war es ungewöhnlich weit weg. Traf sie sich mit jemandem? Die Ungewissheit quälte ihn.

Er wusste, dass Renate normalerweise um fünf Uhr Schluss machte, und fuhr zu ihrer Arbeitsstelle. Auf dem Parkplatz der Firma stellte er sein Auto so ab, dass er den Ausgang im Blick hatte, aber von dort aus nicht gleich gesehen werden konnte. Da kam Renate auch schon aus dem Haus, pünktlich zum regulären Büroschluss. Sie war in Begleitung eines Mannes, und beide stiegen in ein Auto.

Herbert wurde heiß. Sein Verdacht schien sich zu bestätigen. Die Überstunden waren nur vorgetäuscht, und offenbar betrog sie ihn auch.

Er folgte dem Auto und versuchte dabei nicht aufzufallen. Nach etwa 20 Minuten hielt der Wagen vor besagtem Restaurant direkt an der Donau. Dort gab es Fische aus der Donau, aber auch jede Art von Meeresfrüchten. Es hatte eine kleine Terrasse mit wenigen weiß lackierten Tischen und roten Tischtüchern, von dort aus hatte man einen wunderbaren Blick auf die Donau und konnte die vorbeifahrenden Schiffe beobachten.

Herbert ließ einige Minuten verstreichen, bevor er den beiden folgte. Er entdeckte sie auf der Terrasse. Um nicht von ihnen gesehen zu werden, blieb er im Lokal und setzte sich an einen Tisch, von dem aus er die beiden im Blickfeld hatte. Zum Glück war noch nicht viel Betrieb, erst zwei Tische waren besetzt.

Herbert überlegte. Sollte er hingehen und Renate eine Szene machen? Oder heimfahren, abwarten, was sie erzählen würde, und sie dann zur Rede stellen? Nein, erst wollte er beobachten, wie die Sache sich entwickelte. Die beiden unterhielten sich. Daran konnte er eigentlich nichts Auffälliges feststellen, außer, dass der Begleiter von Renate immer wieder versuchte, ihre Hand zu berühren.

„Nein, jetzt oder nie", sagte er sich.

Er überlegte kurz und schritt dann zu Tat. Er suchte den Ober, der ihn ja kannte. Er habe eine Überraschung vor, ob er ausnahmsweise an der Stelle des Kellners das Pärchen – er zeigte auf den Tisch – bedienen dürfe?

Der Ober war über die außergewöhnliche Bitte sichtlich erstaunt. „Das kann ich nicht entscheiden, da müssen wir den Chef fragen", sagte er.

Es war Herbert ziemlich peinlich, aber er erzählte dem Besitzer ehrlich, worum es ging. Dieser war nicht nur von der Aufrichtigkeit, sondern auch von der Idee angetan.

Aber er bat Herbert, kein Aufsehen zu erregen und die anderen Gäste nicht zu stören.
Die Verkleidung war einfach. Herbert hatte ohnehin eine schwarze Hose und ein weißes Hemd an, also musste er sich nur noch vom Lokalbesitzer ein schwarzes Gilet ausborgen.

Renate und ihr Begleiter hatten bereits die Getränke bestellt und vertieften sich gerade in die Speisekarte. Mit etwas zittrigen Knien trat Herbert an den Tisch.
„Haben die Herrschaften schon gewählt?",
fragte er mit leicht belegter Stimme.
Renate hob irritiert den Kopf.
Ihre Gesichtsfarbe glich sich für einen Augenblick der Farbe des Tischtuches an.
„Her– Herbert, du?"
Herbert gewann seine Sicherheit zurück.

„Ja. Jetzt weiß ich endlich, wofür du die Überstunden machst!", sagte er, nun mit forscher Stimme.

Renate sah ihren Begleiter an. Dann, strahlend, ihren verdutzten Ehemann. Der hatte jetzt eigentlich ein Häuflein Elend erwartet. „Endlich reagierst du einmal, Herbert! Ich dachte, ich bin dir inzwischen völlig egal", sagte Renate. „Aber so eine Inszenierung hätte ich dir niemals zugetraut, Schatz." Sie lachte, stand auf und umarmte und küsste ihn. „Dann hat es sich doch gelohnt", flüsterte sie ihm ins Ohr.

Herbert war perplex. Er wusste nicht, was er sagen sollte. Niemals hätte er so eine Reaktion erwartet.

Renates Begleiter musste ebenfalls herzlich

lachen. „Wunderbar, Mission geglückt", sagte er zu Renate und stand auf. Renate stellte die beiden einander vor. Der Begleiter war ein Arbeitskollege, mit dem sie sich besonders gut verstand. Sie hatte sich bei ihm über ihre Situation beklagt und ihn gebeten, bei ihrem Plan, Herbert aus seiner Reserve zu locken, mitzumachen.

„Dann lasse ich euch beide allein", meinte er nun und wünschte ihnen noch einen schönen Abend.

Herbert setzte sich zu Renate, drehte sich um und rief den Kellner herbei, der zusammen mit dem Chef die Szene amüsiert von weitem beobachtet hatte. Ohne in die Speisekarte zu schauen, sagte Herbert lachend: "Herr 'Kollege', bringen Sie uns bitte zwei Mal Miesmuscheln in Tomatensauce und" – nach einem Blick in die Weinkarte – „eine Flasche Sauvignon Blanc 2017!"

„Daran kannst du dich noch erinnern? Das haben wir hier bei unserem ersten Treffen bestellt", sagte Renate erstaunt.

„Ja, ich kann mich noch an viel mehr erinnern", sagte er und zwinkerte ihr zu. Es wurde ein langer und interessanter Abend. Die beiden hatten sich eine Menge zu erzählen.

Ein fast perfekter Tag

Als Christiane wach wurde und auf den Wecker blickte, sah sie, dass noch eine halbe Stunde Zeit war. Sie genoss die Zeit im Bett, bis der Wecker klingeln sollte, döste vor sich hin und dachte darüber nach, was der Tag so bringen würde. Es war ihr erster offizieller Tag in der neuen Firma. Einige Tage hatte sie schon zum „Schnuppern" dort verbracht.

Da stürmte Anna, ihre 13-jährige Tochter, ins Schlafzimmer: „Mama, Mama, aufstehen!", rief sie aufgeregt.
„Wir haben doch noch Zeit", erwiderte Christiane. „Sommerzeit", rief die Kleine und flitzte ins Badezimmer.

Jetzt war auch Christiane hellwach. Sie hatte am Sonntag vergessen, ihren alten, liebgewonnenen Wecker umzustellen, den sie seit Jugendtagen hatte. „Schei…", entfuhr es ihr und sie sprang aus dem Bett.

Da hörte sie Anna aus dem Badezimmer schreien: „Es fließt kein Wasser, Mama!" Auch das noch, dachte sie. Während sie im Nachthemd in der Küche stand, noch unfähig, einen klaren Gedanken zu fassen, war Anna schon an ihr vorbeigesaust.

„Tschüss, Mama, bis dann", und schon war sie weg.

„Wie schön, dass die Kleine so selbstständig ist", dachte Christiane.

Sie selbst war, seit Holger sie vor zwei Monaten verlassen hatte, ziemlich durch den Wind. „Reiß dich zusammen", ermahnte sie sich selbst. So schnell hatte sie sich noch nie angezogen. Besonders hübsch hatte sie sich heute machen wollen, aber jetzt mussten die Klamotten von gestern reichen, die noch auf dem Stuhl im Schlafzimmer lagen. Zum Schminken blieb auch keine Zeit. "Mein Gott, wie ich aussehe", sagte sie nach einem kurzen Blick in den Vorzimmerspiegel. Aber es half nichts, sie musste weg.

Als die Wohnungstüre ins Schloss fiel, erschrak sie. Sie hatte die Schlüssel drinnen vergessen. Anscheinend hatte sich heute alles gegen sie verschworen. Sie rannte die Treppe hinunter, hinaus aus dem Haus und ins Auto, das gleich neben dem Hauseingang stand.

Der Wagen sprang nicht an, was immer sie auch versuchte. "Nein, nicht auch das noch", schrie sie. Zum Glück befand sich vis-à-vis ein Taxistandplatz. Also hinein ins Taxi. Als der Fahrer vor der Firma um die Ecke bog, sah sie, dass alle Angestellten vor dem Gebäude standen und aufgeregt diskutierten.

Während ihr der Fahrer das Retourgeld gab, sah sie auf der Uhr, dass sie eine Viertelstunde zu spät war. Sie mischte sich unbemerkt unter die Menge und hörte, wie darüber gesprochen wurde, was passiert war. Gleich nach Bürobeginn war der Feueralarm losgegangen. Alle Angestellten waren aufgefordert worden, das Gebäude zu verlassen und sich vor dem Haus zu versammeln.

Na, wenigstens ein Gutes hatte es, ihr Zuspätkommen wurde nicht bemerkt. Es blieb ihr damit wohl eine Ermahnung oder

Schlimmeres erspart. Nach einiger Zeit trat der Büroleiter aus dem Haus und bat die Belegschaft, wieder an ihre Plätze zu gehen.

Drinnen kam der Büroleiter auf Christiane zu. „Tut mir wirklich leid, dass Ihr Start bei uns unter diesen Umständen erfolgen muss. Kommen Sie, ich zeige Ihnen Ihren Arbeitsplatz und führe Sie in Ihr Team ein. Kennengelernt haben Sie die Kollegen ja schon."

Christiane hatte sich gerade, nach etwa einer Stunde der Orientierung in ihrem neuen Reich, ernsthaft an die Arbeit gesetzt, als es Feueralarm gab. Also wieder alle hinaus. Diesmal dauerte der unfreiwillige Aufenthalt im Freien länger, es war inzwischen

10 Uhr geworden. Unter den Wartenden wurde zunehmend Unmut laut. Doch dann wieder Entwarnung. Kaum waren alle zurück an ihren Schreibtischen, brüllte wieder der Alarm, alle mussten das Gebäude räumen, und an ein paar fluchenden Kollegen mit nassen Haaren und Anzügen sah Christiane, dass teilweise auch die Sprinkleranlage ausgelöst worden war.

Der Büroleiter teilte ihnen schließlich mit: Die Anlage löse ständig Fehlalarm aus, er ersuche die Angestellten, nachhause zu gehen und sich am nächsten Morgen telefonisch zu erkundigen, ob der Betrieb wieder aufgenommen werden könne.

Christiane kam das gerade recht, sie musste ja noch die Hausverwaltung wegen des Wassers kontaktieren. Die Telefonnummer der Hausverwaltung hatte sie nicht auf dem Handy gespeichert. Um solche Angelegenheiten hatte sich immer Holger gekümmert. Also, wieder ein Taxi gesucht und ab nachhause. Als sie die Wohnungstüre aufsperren wollte, kam es ihr in Sinn, dass sie ja in der Früh die Schlüssel in der Wohnung liegen gelassen hatte.

Es war 11 Uhr, Anna konnte noch nicht zuhause sein, die hatte heute um halb eins Schulschluss. Sie wollte schon weggehen, um die Zeit zum Einkaufen zu nutzen, da glaubte sie Musik zu hören. Sie legte ein Ohr an die Wohnungstüre, und tatsächlich drang Musik aus der Wohnung. Christiane musste mehrmals klingeln, dann öffnete Anna.

„Mama, du bist schon da?", stellte die erstaunt fest.

„Hm, dich hab ich auch noch nicht zuhause erwartet", gab Christiane zurück.

„Ich wärme mir gerade Ravioli aus der Dose, möchtest du auch welche?"

„Ja, aber bitte nicht zu viel, mir ist der Appetit heute vergangen", antwortete Christiane. „Wieso bist du schon da, mein Schatz, gab es Probleme in der Schule?"

„Die letzten beiden Stunden sind ausgefallen, der ‚Lehrer Lämpel' hat sich den Fuß gebrochen."

„Ach, du Schreck!", sagte Christiane.

„Lehrer Lämpel", der den Spitznamen bekommen hatte, weil er so lang und dürr war, war Annas Lieblingslehrer.

„Und du, Mama? Warum bist du schon da?", fragte Anna.

Christiane ließ sich erschöpft auf einen Stuhl fallen und erzählte von dem Malheur in der Firma, von dem Auto und von den vergessenen Schlüsseln.

„Übrigens, das Wasser fließt wieder", klärte die Kleine ihre Mutter auf. „Jetzt ist mir auch klar, warum die Wohnungstüre nicht abgesperrt war, als ich heimkam. – Zieh dich erst einmal aus, und dann essen wir", sagte Anna.

Christiane ging ins Vorzimmer, um ihre Jacke aufzuhängen, da fand sie neben dem Festnetztelefon auf der Kommode ihre Schlüssel und daneben ein gefaltetes Blatt Papier. Sie öffnete es und las:

„Sehr geehrte Mieter, am 31.3. muss leider die Wasserversorgung von 8.30 Uhr bis ca. 10 Uhr wegen Instandhaltungsarbeiten unterbrochen werden. Bitte beachten Sie die Umstellung auf Sommerzeit! Wir bitten um Ihr Verständnis. Die Hausverwaltung."

„Und wieso war das Wasser dann um dreiviertel acht schon abgesperrt? Diese Deppen!", ärgerte sich Christiane.

„Mama, jetzt komm schon, das Essen wird sonst kalt!", rief Anna.

Während des Essens bemerkte die Tochter, dass ihre Mutter irgendwie abwesend war, abgespannt und müde. Gerade als sie ihre Mutter darauf ansprechen wollte, läutete das Telefon.

Christiane quälte sich ins Vorzimmer und meldete sich nur kurz mit „Ja?"

„Hallo, Christiane, hier ist Manfred."

Manfred war ein alter Freund von Holger und Annas Patenonkel. Er hatte über ein Jahr lang in Singapur die örtliche Niederlassung der Firma aufgebaut, für die er tätig war. Vor der Trennung hatten Holger und

Christiane noch geplant, ihn im April dort zu besuchen.

„Manfred, was für eine Überraschung, du bist wieder im Lande?", fragte sie.

„Ja seit zwei Tagen", antwortete er.

Manfred wusste von Holger, dass dieser Christiane verlassen hatte. Er hatte schon immer ein Auge auf sie geworfen. Auch Christiane hatte Holger attraktiv gefunden. Jetzt sah er seine Chance gekommen.

„Ich wollte dich fragen, ob du Lust hast, heute Abend mit mir ins Kino zu gehen?" Plötzlich war ihre Müdigkeit wie weggeblasen: „Ja, sehr gerne! Hol mich doch um 19 Uhr ab."

„Liebe Grüße an Anna, die muss ja wieder ein Stück gewachsen sein, lachte er.

„Ja, sie ist nicht nur größer, sondern auch reifer, im Moment wäre ich ohne sie verloren", gab Christiane schmunzelnd zu.

„Wer war es denn, Mama?", wollte Anna wissen.

„Es war Onkel Manfred. Wir gehen am Abend ins Kino", sagte sie freudig erregt. Nun klingelte es wieder.

„Ich bin es noch einmal", meldete sich Manfred erneut. „Oder kann ich jetzt schon vorbeikommen?", fragte er zaghaft.

Christiane musste lachen: „Klar kannst du kommen."

„Bin schon unterwegs!", rief er ins Telefon. Christiane nutzte die Zeit, um sich frisch zu machen und umzuziehen. Nach einer über-aus herzlichen Begrüßung gingen alle drei ins Wohnzimmer. Doch kaum hatten sie Platz genommen, läutete Christianes Han-dy. Sie hörte eine Weile nur zu. „Ja, ok", sagte sie dann.

Sie wandte sich Anna und Manfred zu und seufzte.

„Ich muss noch einmal in die Firma zurück", sagte sie. „Der Defekt ist behoben, sie brauchen uns dringend, um heute noch ein paar wichtige Sachen zu erledigen."
Sie stand auf.

„Shit, mein Auto springt ja nicht an!", fiel ihr plötzlich ein.

Sie seufzte. „Muss ich halt wieder ein Taxi nehmen."

„Ich kann dich gerne hinbringen", bot sich Manfred an.

„Das wäre super!", strahlte Christiane. Während der Fahrt erzählte sie die Geschichte mit den Schlüsseln, dem Auto und dem Malheur in der Firma.

Beim Aussteigen fragte sie: „Kannst du mich um 17 Uhr abholen?"

„Na klar", lachte Holger. „Gib mir deinen Autoschlüssel. Ich kann mir ja inzwischen ansehen, was mit deinem Wagen los ist."

„Du bist ein Schatz", sagte sie und gab ihm den Schlüssel.

Pünktlich um 17 Uhr stand Manfred mit seinem Auto vor dem Büro.

„Na, heute ging es aber rund", ächzte Christiane, nachdem sie eingestiegen war. „Madam, Ihr Auto ist wieder fahrbereit. Es war ein Kontaktfehler an der Batterie." Er überreichte ihr die Autoschlüssel.

„Was machen wir mit dem angebrochenen Abend?", fragte Christiane lächelnd.

„Ich habe da so eine Idee", zwinkerte ihr Manfred zu.

Christiane rief Anna an, da meldete sich nur die Mailbox.

„Schatz, es wird heute sicher später werden, mach dir keine Sorgen! Bussi, Mama", sagte sie nach dem Piepton.

So ging ein ereignisreicher und fast perfekter Tag in die nächste Runde.

Vertippt

Kurt stand in der Küche und zerlegte gerade ein Huhn, er hatte heute Küchendienst, als sich sein Handy bemerkbar machte, das im Wohnzimmer auf dem Tisch lag.

Seine Frau Helga goss dort gerade die Blumen. „Du hast eine SMS bekommen!", rief sie.

„Schau du nach, bitte, ich habe fette Hände. Es wird Alex sein, ich hab ihm geschrieben, dass er sich melden möge."

Helga nahm das Handy und las die Nachricht: „Hallo Kurt hier Doris! Wir haben uns gestern bei Norbert kennengelernt erinnerst du dich? Hast du heute schon was vor?"

Helga starrte auf die Nachricht und musste

schlucken. „Wer ist es denn, Mausi?", rief Kurt aus der Küche.

Helga nahm das Handy und ging in die Küche. „Na?", fragte Kurt und sah Helga aufmerksam an.

„Deine Doris", sagte Helga steif.

„Wer? Ich kenne keine Doris", erwiderte Kurt und schmunzelte.

Helga las ihm die Nachricht vor. „Du hast gestern doch gesagt, du gehst zum Kegeln mit deinen Freunden!" Ihr Gesicht rötete sich.

„War ich auch, keine Ahnung, wer diese Doris ist", erklärte Kurt schon etwas unwillig. „Die muss sich vertippt haben."

„Ja, ja, ‚vertippt'! Was Besseres fällt dir nicht ein? Deine Nummer und auch noch deinen Vornamen?", fauchte Helga.

Kurt sah ein, dass es sinnlos war, jetzt weiter zu debattieren. Helga würde ihm nicht glauben.

„Mausi, ich kläre das", sagte er. „Ich kenne weder eine Doris noch einen Norbert."
Helga war und blieb die nächsten Tage eingeschnappt, die Atmosphäre frostig. Kurt versuchte das zunächst zu ignorieren, in der Hoffnung, dass der Misston von selbst wieder verschwinden würde. Als Helga sich aber auch noch eine Woche später ihm gegenüber spürbar distanziert verhielt, beschloss er doch, der Sache auf den Grund zu gehen.

Kurt hatte es sich zum Grundsatz gemacht, keine fremde Nummer zurückzurufen. Zu oft hatte er schon gehört, dass jemand statt mit einem Inlandsanschluss plötzlich mit einer Mehrwertnummer im Ausland verbunden war und dies dann erst auf der astronomisch hohen Telefonrechnung bemerkte. Doch diesmal überwand er sich, es doch zu tun. Zu wichtig war ihm die Klärung, um den häuslichen Frieden wieder herzustellen. Helga war gerade einkaufen, diese Gelegenheit nützte er und rief an.

„Dorothea Kern", meldete sich eine Frauenstimme.

„Guten Tag, mein Name ist Kurt Wolf. Sie haben mir gestern eine SMS gesendet." Kurt gab den ungefähren Wortlaut wieder. Irgendetwas hatte ihn aus dem Konzept gebracht, als die Dame ihren Namen nannte. Auch die Angerufene antwortete nicht gleich, nachdem Kurt geendet hatte.

Dann sagte sie: „Kurt Wolf? Kurt – und Helga? Haben wir uns nicht vor zwei Jahren auf Kreta kennengelernt?" Jetzt dämmerte es Kurt — tatsächlich, sie hatten damals auch die Telefonnummern ausgetauscht. „Mensch, was für ein Zufall", lachte Kurt, sehr erleichtert über diese Wendung.

„Ich war gestern bei der Vernissage eines Freundes und lernte dort einen Kurt kennen. Ich wollte Zeit sparen und habe seine Telefonnummer nur unter Kurt abgespeichert. Die SMS habe ich dann offenbar leider an KurtW geschickt, und das warst du. Da habe ich doch glatt den falschen Kurt erwischt", lachte auch Doris. „Ich hab mich schon gewundert, warum er nicht antwortet."

„Aber warum hat mir mein Telefon deinen Namen nicht angezeigt?", rätselte Kurt.

„Ich hatte damals die neue Telefonnummer noch nicht", erklärte Doris. Dann lachte sie auf. „Sei froh, sonst wäre deine Frau Helga sicher noch eifersüchtig geworden."

„Das war sie auch so", grinste Kurt. Er erzählte ihr, wie Doris' SMS den kleinen Ehezwist provoziert hatte und wie sauer Helga geworden war.

Die beiden vereinbarten schließlich, sich mit Helga zwei Tage später in einem Kaffeehaus zu treffen, das in der Nähe von Doris' Wohnadresse lag.

Als Helga vom Einkaufen kam, ging sie wortlos in die Küche, um das Mittagessen vorzubereiten. Kurt trat hinter Helga, die gerade Lebensmittel in den Kühlschrank räumte, und umarmte sie. Er spürte, wie sie sich der Umarmung entziehen wollte. Das gelang ihr aber nicht, weil sie in einer Hand einen riesigen Endiviensalat, in der anderen zwei Milchpackungen balancierte.

„Mausi, Schatz, übermorgen wirst du die Erklärung für diese SMS bekommen. Da haben wir eine Verabredung in einem netten Kaffeehaus. Und ich hoffe, dann wird die Angelegenheit endgültig erledigt sein", sagte er.

„Ich bin gespannt, was da wieder für eine Ausrede kommt", gab Helga trotzig zurück. Kurt grinste und ließ sich auf keine weitere Debatte ein.

Helga war von Kurts guter Laune überrascht, wo dieser doch in den letzten Tagen immer einsilbiger geworden war. Sie hatte auf einen Ausweg aus der Sackgasse gehofft, indem Herbert ihr endlich die Wahrheit gestand, und nicht auf irgendein Überraschungsei, das ja doch nur als Ablenkung gedacht sein konnte. Trotzdem wuchs Helgas Neugierde ungefähr so sehr wie ihre Abneigung, Kurts Verabredung zu folgen.

Schließlich siegte die Neugierde. Als sie das Lokal betraten, saß Doris schon dort. Sie erkannte die beiden sofort und winkte ihnen zu. Helga hatte ihre Brille nicht auf und sah daher nicht gleich, wer sie da so aufgeregt begrüßte. Doch als sie näher kamen, erkannte sie Dorothea, die sie im Urlaub auf Kreta kennengelernt hatten. Sie sah Kurt an, der schon übers ganze Gesicht grinste.

„Na, ist das eine Überraschung, Mausi?" Die Begrüßung war herzlich, aber Helga war mit ihren Gedanken noch immer bei der SMS. Was hatte Dorothea damit zu tun? Nachdem alle mit Kaffee und Kuchen versorgt waren, übernahm Doris die Aufklärung des Malheurs. Weil ihr Kurt erzählt hatte, was ihre SMS ausgelöst hatte, hatte sie ein schlechtes Gewissen gegenüber Helga.

Die war ihr allerdings nicht böse, sondern heilfroh, dass sich die drohende Ehekrise nun in Wohlgefallen aufgelöst hatte.

„Ich bin fast dankbar für dieses Missgeschick, sonst hätten wir uns wahrscheinlich nie wieder getroffen", meinte sie. „Wir hatten es doch so nett auf Kreta!"

Dorothea konnte da nur zustimmen, und sie verabredeten, bald einmal etwas gemeinsam zu unternehmen.

Auf dem Heimweg sagte Kurt: „Ja, liebe Helgamaus, du siehst, es war doch ein Tippfehler und kein Seitensprung."

Helga musste lachen und drückte Kurt einen Schmatz auf die Wange.

„Verzeih mir", sagte sie, leise genug, dass Kurt sich beim Hören ein bisschen anstrengen musste. Der nahm es still lächelnd zur Kenntnis.

Traum und Wirklichkeit

Es war Sommer. Henry ging langsam durch das Einkaufszentrum. Er schwitzte nicht nur wegen der Hitze, denn gleich würde seine Lesung in der Buchhandlung beginnen. Er sollte seinen Roman „Traum und Wirklichkeit" vorstellen, der eben bei einem renommierten Verlag erschienen war.

Er spürte die Blicke der Menschen, an denen er vorbeiging, sah, wie sie ihn neugierig betrachteten. Manche nickten und lächelten. Anscheinend hatten sie ihn erkannt. Je näher er der Buchhandlung kam, desto dichter wurde das Gedränge.

Vor der Buchhandlung wurde er von einer Menschenmenge mit Applaus begrüßt. Beim Eingang wartete ein Mann auf ihn, den Henry noch nie gesehen hatte. Er schätzte ihn auf Mitte 50, mit schulterlangen, weißen Haaren, blassem, hagerem Gesicht. Seine Augen lagen eng beisammen, nur getrennt durch eine scharfe Hakennase. Unwillkürlich musste er an einen Geier denken.

„Herzlich willkommen, Herr Müller, als Marketingleiter des Verlags freue ich mich sehr, Sie hier begrüßen zu dürfen", flötete der Geier mit einer Fistelstimme, die Henry erschauern ließ.

Henry ergriff die dargebotene Hand und hatte das Gefühl, einen feuchten Waschlappen anzufassen. Der Geier führte ihn vorbei an den dicht gedrängt sitzenden Zuhörern, an die 100 Personen, schätzte Henry. Nachdem er auf dem Podium Platz genommen und der Manager ein paar einführende Worte gesprochen hatte, wurde es dunkel im Raum. Die Zuhörer verschwanden aus Henrys Blickfeld, die Leselampe auf dem Tisch, an dem er saß, war nun die einzige Lichtquelle. Henry schlug das Buch auf.

„Meine sehr geehrten Damen und Herren, wir befinden uns im Wien der Jahrhundertwende. Der Held meiner Geschichte ist – "

Da ließ ihn ein lauter Knall hochfahren, dann das Zersplittern von Glas. Ein Windstoß hatte das Fenster seines Schlafzimmers zugeschlagen und dabei eine Scheibe zerbrochen, wie er nach dem ersten Schrecken feststellte.

„Ach Gott, ich habe gestern wieder vergessen, die Fensterflügel zu sichern", ärgerte er sich.

Henry wohnte den Sommer über in einem alten Schrebergartenhäuschen am Rande der Großstadt. Das Häuschen hatte, wie früher üblich, nach außen aufgehende Fenster.

Das Missgeschick hatte ihn früher geweckt als er aufzustehen gewohnt war, doch es kündigte sich im Osten ein herrlicher Sommermorgen an, und so beschloss Henry, erst die Scherben zu beseitigen und dann ausgiebig zu frühstücken.

Danach rief er den Glaser an, um sich anschließend sofort seiner Lieblingsbeschäftigung zu widmen, dem Schreiben. Er tat dies am liebsten im Garten an einem kleinen Tisch unter der Linde. Dort schrieb und schrieb er, die Zeit vergessend.

Es war nun fast Mittag.

„Guten Morgen, Henry", rief der Briefträger über den Zaun. „Wieder fest am Schreiben?"

„Hallo, Günther", grüßte Henry zurück. „Ja, ja", lachte er. Die beiden waren seit ihrer Jugend miteinander befreundet.

„Post für dich!" Günther übergab Henry einige Briefe und Werbeprospekte. „Schönen Tag noch!", sagte er.

„Gleichfalls", erwiderte Henry.

Er setzte sich an seinen kleinen Gartentisch und sah die Post durch. „Nichts als Werbung und Rechnungen", knurrte er.

Da fiel ihm ein Brief auf. Auf dem Kuvert prangte das Logo des Verlags, von dem er heute geträumt hatte. Auf dessen Antwort hatte er schon lange gewartet. Doch nun, da sie eingetroffen war, zögerte er. Mit dem Öffnen des Umschlags konnte der Traum wieder zerbrechen wie frühmorgens die Fensterscheibe. Doch sein Traum konnte heute auch Wirklichkeit werden, machte er sich Mut.

„Vielleicht klappt es ja diesmal?" Neugierig riss er den Umschlag auf und las.

„Sehr geehrter Herr ...! Entschuldigen Sie die späte Antwort, aber ...", das kam ihm schon bekannt vor, und er übersprang den kurzen Text bis zum Ende des Schreibens: „... und wir wünschen Ihnen weiterhin alles Gute bei Ihrer Suche nach einem geeigneten Verlag."

„Der Traum ist eine Sache, die Realität eine andere", seufzte Henry.

Er trug die Post ins Haus. Den Brief legte er

auf den Stapel der Absagen, der wuchs und wuchs. „Warum tust du dir das überhaupt an?", fragte er sich und gab sich auch gleich selbst die Antwort: „Weil es mir Spaß macht und ich meinen Gedanken damit eine Herausforderung biete."

Und er ging in den Garten zurück zu seinem neuen Roman „Die Hoffnung ist grün", um weiterzuschreiben.

Schwein gehabt

„Schon wieder sieben Uhr vorbei!", sagte Karl verdrossen, als er auf die Uhr blickte, während die letzten Seiten des Kostenvoranschlags aus dem Drucker fielen.

Normalerweise hatte er um 17 Uhr Schluss, das war mittlerweile die Ausnahme. Die vielen Überstunden gingen ihm schon so auf die Nerven, dass er damit liebäugelte, die eine oder andere Jobbörse genauer durchzusehen – wenn er denn Zeit dazu hätte.

Auch seine Frau meckerte immer häufiger, konnte sie doch nichts planen. Schon seit fast zwei Monaten hatten die beiden keinen gemütlichen Abend mehr miteinander verbracht.

Karl wohnte außerhalb der Stadt und fuhr am liebsten mit dem Auto zur Arbeit, allerdings nur, wenn es bei der Hin- und Rückfahrt hell war. Er fuhr ungern während der Dämmerung, das ständig flackernde Gegenlicht bei tiefstehender Sonne hasste er und noch mehr das trübe, konturlose Dämmerlicht, wenn der Himmel bedeckt war. Außerdem führte sein Weg zur Arbeit durch einen Wald, in dem es viel Wild gab. Im Morgengrauen und gegen Abend wechselte es regelmäßig über diese Straße, die für ihre Wildunfälle berüchtigt war. Deshalb vermied Karl die Dämmerung.

Durch die oft überraschend angesetzten Überstunden ließ es sich allerdings nicht vermeiden, von diesem Vorsatz abzuweichen.

Heute war wieder so ein Tag.

„Wenn ich jetzt nicht schnell mache, wird es schon dunkel, wenn ich heimfahre", ermahnte er sich und fuhr etwas flotter als sonst, um der Dämmerung zuvorzukommen. Doch als er einige Kilometer vor seinem Heimatort zu dem bewussten Wald kam, war der Himmel bereits rot, und die letzten Strahlen der Sonne funkelten durch die Baumreihen.

Er kniff die Augen zusammen, wenn die Straße so verlief, dass er direkt in die Sonne schauen musste. Zu spät tastete er in der Mittelkonsole nach der Brille mit den gelben Gläsern, die er sich extra für Nachtfahrten gekauft hatte, und senkte dabei kurz den Blick.

Genau in diesem Moment querte ein riesiger Schatten seinen Weg. Er blickte auf, riss das Lenkrad nach links. Er spürte einen

Schlag, als sei er über einen Stein gefahren, und brachte den Wagen zum Stehen.

Karl versuchte, sich zu orientieren. Im Rückspiegel sah er etwas auf der Straße liegen. Im rechten Seitenspiegel bemerkte er etwas anderes, das ihn noch mehr beunruhigte. Eine riesige Bache stand am Straßenrand, neben ihr zwei Frischlinge. Was er gerade angefahren hatte, musste ein weiteres Junges sein. Es rührte sich nicht.

Karl wusste nicht, was er tun sollte. Er wagte es nicht, das Auto zu verlassen. Wenn er jetzt ausstieg, um zum Frischling zu gehen, würde ihn die Bache sicher angreifen.

Er versuchte sich gerade an die Nummer des Polizeinotrufs zu erinnern – 133 oder doch 144? –, da sah er, wie der Frischling etwas benommen aufstand und langsam zu seiner Mutter tappte. Als die Bache alle drei Jungen wieder beisammen hatte, machte sie kehrt, und die vier verschwanden im Wald.

Karl war froh, dass sein unmittelbares Problem behoben war, andererseits aber beunruhigt, ob er das Kleine nicht doch schlimmer verletzt hatte.

Die Dämmerung war inzwischen vollständig eingefallen, die Sonne verschwunden. In der Tiefe des Waldes jenseits der Straße war nicht mehr viel zu erkennen.

Trotzdem ließ er jede Vorsicht außer Acht, stieg aus und ging zu der Stelle zurück, wo der Frischling gelegen war. Da sah er eine Blutspur. Er folgte ihr etwa 20 Meter in den Wald hinein. Aber es war nichts mehr von den Tieren zu sehen oder zu hören.

Er machte abrupt kehrt, um zurück auf die Straße zu gehen, blieb mit dem rechten Fuß an einer Baumwurzel hängen und verlor das Gleichgewicht. Wie ein Stromschlag war der Schmerz in seinem Knöchel, er versuchte den Fall mit den Händen zu dämpfen, was diese ebenfalls mit stechenden Schmerzen quittierten, und schlug mit seinem linken Knie an einen Stein.

Für kurze Zeit lag er reglos auf dem Waldboden. Dann versuchte er aufzustehen. Die Schmerzen stachen und brannten.
Da tauchte, wie aus dem Nichts, wenige Meter vor ihm die Bache auf. Sie stand da, fauchend, zog drohend ihre Lefzen hoch, sodass die Eckzähne in ihrer ganzen Größe sichtbar wurden, und bewegte sich schließlich langsam auf ihn zu.

Karl konnte sich nicht erinnern, jemals so schnell auf die Beine gekommen zu sein. Seine Schmerzen waren völlig vergessen, er humpelte und haspelte zum Auto, so schnell er konnte, warf sich hinein und schlug die Tür zu.

Kaum war er in Sicherheit, kamen die Schmerzen wieder. Sein rechter Knöchel und das linke Knie waren dick geschwollen, seine Hände bluteten. Jede Bewegung erforderte Überwindung.

„So kann ich nicht fahren", sagte er zu sich. Er suchte sein Handy hervor und meldete der Polizei den Vorfall. Der Beamte versprach, den zuständigen Jäger davon in Kenntnis zu setzen.

Dann rief Karl seine Frau an, die zwar einen Führerschein hatte, aber kein eigenes Auto.

Die musste erst den Sohn verständigen, der im selben Ort wohnte, dass Papa im Wald festsaß, und ihn ersuchen, sie dorthin zu bringen. Er musste eine Stunde im Wagen auf seine Befreiung warten, mit ständig ängstlichem Blick zum Waldrand, ob die Bache nicht etwa wiederkommen würde.

Endlich trafen seine Frau und sein Sohn ein und erlösten ihn aus seiner misslichen Lage.
„Ich weiß ja, warum ich nicht gerne in der Dämmerung fahre", maulte Karl.
„Im Krankenstand brauchst du wenigstens keine Überstunden zu machen", lachte seine Frau. „Schwein gehabt!"
„Ja, ja, mach dich nur lustig", murmelte er. Und begann die Überstunden bereits zu vermissen.

Vertrauen

„Es war eine super Party, Leute, aber ich muss jetzt, sonst erwische ich den Bus nicht mehr", verabschiedete sich Monika lachend von ihren Freunden.

Sie war ohne Norbert hier gewesen, der dienstlich verreist war. Um sicher zu sein, dass sie nicht doch mit dem Auto heimfuhr, wenn sie vielleicht ein Glas zu viel getrunken hatte, hatte sie es zuhause stehen gelassen.

Die Busstation lag genau vor dem Haus, und auch zuhause hatte sie nur ein paar Schritte von der Haltestelle zu ihrer Wohnung. Doch als sie aus dem Haustor trat, sah sie vom Bus gerade noch die Rücklichter. „Schei…, das war der letzte Bus", fluchte Monika. Zurückzugehen und jemanden zu ersuchen, sie nachhause zu bringen, wäre keine gute Idee gewesen, ihrer Meinung nach war keiner der Gäste mehr fähig, ein Auto zu lenken.

„Ich muss ein Taxi rufen", entschied sie.

Sie kramte in ihrer Handtasche nach dem Handy. Als sie es einschaltete, blieb das Display dunkel. Offenbar war der Akku leer.

„Mist!"

Zur Party zurückzukehren, um sich dort ein Telefon auszuleihen, zog sie nicht in Betracht. Sie hätten sie dort wahrscheinlich nicht mehr gehen lassen. Ohne irgendwelche anderen Möglichkeiten auszuloten, ging sie einfach los. Allzu weit war es nicht bis zu ihrer Wohnung, wenn sie flott ginge, vielleicht 15 Minuten.

„Was hatte ich überhaupt auf dieser idiotischen Party verloren?", fragte sie sich. Da waren die Weiber, die über nichts anderes zu reden wussten als über ihre ach so teuren Kleider. Anette, die sich wunderte, dass sie nichts Passendes zum Anziehen finden konnte.

„Ein Wunder, bei der Statur? Man kann ja auch kein Bierfass anziehen", ätzte Monika. Oder Lisa, die auf jeder Modenschau die beste Figur machen würde, allerdings nur in der Garderobe – als Kleiderbügel. Monika grinste hämisch.

Und die Männer. Sie palaverten nur über die Autoausstellung, die zurzeit im Messezentrum stattfand. Jeder war natürlich Experte und hatte sich angeblich gerade das neueste Modell seiner Lieblingsmarke angeschafft, dessen Vorzüge lautstark gepriesen wurden. Der Schlimmste von ihnen war Manfred, der mindestens fünf Mal während des Abends verkündete, dass er sich jetzt das 8er-Cabrio gekauft habe.

Manfred war relativ neu in diesem Freundeskreis. Norbert kannte ihn allerdings schon aus der Schulzeit und hatte ihn eines Tages mitgebracht. Monika hielt Manfred für ein Muttersöhnchen, vor allem, weil er mit 35 noch bei seinen Eltern wohnte. Wahrscheinlich konnte er sich deshalb ein so teures Auto leisten.

Manfred sah zwar gut aus, Frauen gegenüber wirkte er jedoch verschüchtert und hölzern. Norbert, der ihn sehr schätzte, und die anderen Männer in der Clique gaben ihm immer wieder Tipps, wie er es anstellen sollte, Frauen für sich zu interessieren.

Bis jetzt waren sie wenig erfolgreich damit gewesen.

Monika hatte plötzlich das Gefühl, dass ihr jemand folgte. Argwöhnisch drehte sie sich ein paar Mal um, konnte aber niemanden entdecken. Die Situation wurde ihr äußerst unbehaglich, und sie beschleunigte ihre Schritte.

Plötzlich ein Donnerschlag, und als ob jemand einen Wasserhahn aufgedreht hätte, ging ein rauschender Platzregen nieder. Gleich darauf kam sie bei ihrer Wohnanlage an. Sie fror und war klitschnass von oben bis unten.

Sie drückte den Lichtknopf, um mit dem Schlüssel in das Schloss der Haustüre zu finden, doch es blieb finster.

Da spürte sie, dass jemand dicht hinter ihr

stand. Sie drehte sich um und sah im schwachen Licht der Straßenbeleuchtung in das riesige Gesicht von Manfred.

Die plötzliche Nähe versetzte sie in Panik. Reflexartig rammte sie ihm ihr rechtes Knie in den Unterleib und stieß mit beiden Händen gegen sein Gesicht. Manfred flog rücklings auf den Gehsteig und krümmte sich vor Schmerzen.

Monika stand bei der Türe und war hin- und hergerissen. Ihr erster Impuls war, schnell die Türe zu öffnen und hinter sich zuzuwerfen. Andererseits wurde ihr bewusst, wie überaus heftig sie gerade reagiert hatte.

„Was wollte der Idiot von mir?", fragte sie sich, „Wollte er mich überfallen?"

Manfred hatte sich soweit erholt, dass er aufstehen konnte. Entsetzt schaute er Monika an. Jetzt sah Monika, dass Manfred unter einem Auge blutete. Sie hatte ihn vermutlich mit dem Schlüssel verletzt, den sie noch immer in der Hand hielt, als sie seinen Kopf weggestoßen hatte.

„Was war das denn?", stotterte Manfred und sah Monika mit großen Augen an. „Na, was denkst du, du Depp, mich so zu erschrecken", gab sie unwirsch zurück. „Jetzt komm erst einmal mit hinauf, damit ich deine Wunde versorgen kann."

Manfreds Verletzung erwies sich zum Glück als nur oberflächlich. Monika desinfizierte sie und verbarg sie unter einem Pflaster. „Zieh deine nassen Kleider aus!", forderte sie ihn auf. Dann holte sie Eiswürfel aus dem Tiefkühler und füllte sie in einen Plastiksack. „Damit du dein lädiertes Untergestell kühlen kannst", grinste sie, obwohl sie kein besonders gutes Gefühl dabei hatte. Sie hängte Manfreds Hose und Hemd zum Trocknen an einen Wäscheständer. Erst jetzt kümmerte sie sich um sich selbst.

„Bin gleich wieder da, ich muss mir was Trockenes anziehen", sagte sie zu Manfred. Sie kam in einem Trainingsanzug und einer dicken Strickjacke zurück und hatte die immer noch feuchten Haare mit einem Handtuch bedeckt. Manfred saß auf der Couch und sah nicht gut aus.

„Jetzt erklär' mir bitte, was du hier wolltest", stellte ihn Monika zur Rede.

Manfred räusperte sich umständlich.

„Auf der Party wollte ich dich fragen, ob ich

dich nach Hause bringen darf, aber du warst plötzlich weg", behauptete er. „Ich habe immer wieder versucht, dich am Handy zu erreichen. Ich wollte wissen, ob du gut heimgekommen bist, aber es kam immer nur die Mailbox. Da bin ich mit dem Auto losgefahren, um nachzusehen."

„Mein Akku war leer", antwortete Monika. Gut, dass Manfred sie daran erinnert hatte. Sie steckte das Netzgerät an.

„Wozu wolltest du wissen, ob ich gut heimgekommen bin?", bohrte Monika weiter. „Wir haben kaum fünf Sätze miteinander gewechselt, seit wir uns kennen. Und was ist das für eine Art, mich praktisch von hinten zu rammen, statt mich einfach anzusprechen wie jeder normale Mensch?"

„Ich hatte um die Ecke geparkt und stieg

aus, um nachzusehen, wo du bist", verteidigte sich Manfred. „Der Regen war so stark, dass ich schon nach ein paar Schritten völlig durchnässt war. Ich wollte nur noch unter das Vordach kommen und hab nicht gesehen, wie du gerade dabei warst, die Tür zu öffnen. Es war schließlich so dunkel. Da sind wir leider zusammengestoßen."

„Das hat sich ganz anders angefühlt, mein Lieber", versetzte Monika. „Weißt du, was ich glaube? Du hast da plötzlich einen Drang verspürt und wolltest die Gelegenheit nützen, weil Norbert nicht da ist."

Manfreds Entsetzen über diesen Vorwurf schien ihr echt zu sein.

Gerade als Manfred etwas erwidern wollte, stand plötzlich Norbert im Zimmer. Sie hatten beide sein Eintreten nicht bemerkt.

„Du bist schon da?", fragte Monika unnötigerweise.

„Hi, Norbert" sagte Manfred. Sein Gesicht wurde immer blasser.

„Da komme ich wohl zu früh. Oder vielleicht zu spät?", sagte Norbert mit starrem Gesicht.

Ich im Jogginganzug mit einem Handtuch auf dem Kopf, dieser Trottel in der Unterhose auf der Couch, mit einem Plastiksack auf seinem besten Stück, und Norbert hereingeplatzt mit offenem Mund. Ganz schön skurrile Szene, dachte Monika.

„Dein Freund Manfred da ist mir von der Party gefolgt und stand bei der Haustür plötzlich dicht hinter mir", erklärte sie Norbert mit schneidender Stimme. „Angeblich hat er sich um mich Sorgen gemacht."

Norbert lächelte, ein wenig gezwungen, wie es Monika vorkam.

„Mein lieber Manfred, hast du uns vielleicht den Schüchternen immer nur vorgespielt?" Manfred wurde rot.

„Jetzt reicht es mir", polterte er, „Das war ja wohl deine Idee! Ich hätte mich nie darauf einlassen sollen."

„Worauf hättest du dich nie einlassen sollen?", fragte Monika und schaute Norbert scharf an.

„Konnte ich ahnen, dass er sich so blöd anstellt?" sagte Norbert.

Manfred sah ihn stirnrunzelnd an. „Was kann ich dafür, dass plötzlich ein Wolkenbruch losgeht und ich mich unterstellen musste? Sonst hätte ich mich natürlich wieder unerkannt verdrückt!"

Monika wurde wütend.

„Würde mich einer von euch Kindsköpfen endlich aufklären, was hier los ist?"

„Frag doch deinen Liebsten", sagte Manfred trotzig, wandte sich ab und verzog sein Gesicht vor Schmerz, weil er dabei eine unbedachte Bewegung gemacht hatte.

„Ich warte", sagte Monika, gefährlich leise.

Es blieb Norbert nichts anderes übrig, er musste Farbe bekennen.

„Ja, es stimmt, ich habe Manfred gebeten, ein Auge auf dich zu werfen. Ich wollte wissen, ob du nach der Party tatsächlich nachhause gehst. Ich habe schon länger das Gefühl, dass da noch ein anderer Mann im Spiel ist."

Er sah seinen Freund scharf an. „Und jetzt bin ich fast sicher, dass du dieser Mann bist, Manfred."

Die Situation schien eine unerwartete Wendung zu nehmen. Doch Manfred hielt Norberts Blick stand.

„Du mit deiner blöden Eifersucht hast mich in diese Lage gebracht, und jetzt verdächtigst du mich auch noch? Bist du noch ganz richtig im Kopf?" schrie er Norbert an.

„Ich kriege schon zittrige Knie und feuchte Hände, wenn mich eine Frau nur anlächelt! Glaubst du, das macht mir Vergnügen?" Er atmete schwer. „Ich weiß einfach leider nicht, wie Frauen ticken", sagte er resignierend.

„Beruhige dich, Manfred", sagte Monika kalt. „Der liebe Norbert hier weiß das nämlich auch nicht. So etwas Dämliches kann wirklich nur Männern einfallen! – Ich hoffe, du bist aus dem Schaden klug geworden", wandte sie sich an Manfred.

„So etwas mache ich nie wieder", sagte der kleinlaut.

Monika überlegte noch, was für sie schwerer wog, Norberts Vertrauensbruch oder seine Eifersucht und Sorge um ihre Ehe, als sie Norbert leise, mehr zu sich selbst, knurren hörte: „Vertrauen ist gut, Kontrolle ist besser."

„Hast du was gesagt?", fragte Monika.

„Nein, nein, mein Schatz", sagte Norbert schnell.

Das Sonderangebot

Die Sonne schien, gedämpft durch die Gardinen, in das Zimmer. Ganz entspannt lag Roman in seinem Fernsehstuhl, die Beine ausgestreckt auf der Fußablage. Sein Kopf ruhte auf seiner Brust, die Fernbedienung auf seinen Knien. Er war eingeschlafen. Er wurde wach, als die Katze vom Fensterbrett auf seine Beine sprang. Im Fernsehen lief eine Kochsendung.

„Schon 2 Uhr, die Mittagsschläfchen werden immer länger", sagte er erstaunt und gähnte laut. Er hatte sich kaum aus dem Sessel erhoben und die Glieder wieder einigermaßen gebrauchsfähig gedehnt und den steifen Nacken beweglich gemacht, als er schon die Stimme seiner Angetrauten hörte, die im Nebenzimmer mitbekommen hatte, dass er wach geworden war. Sie kannte dieses „dezente" Gähnen.

„Bist du schon wach?", rief sie.

Roman schlurfte ins Nebenzimmer.

„Hier, wenn du wieder ganz munter bist", lachte die beste aller Ehefrauen, wie Roman sie nannte, und drückte ihm einen Einkaufszettel in die Hand.

Einkaufen, das war mit Sicherheit nicht Romans Lieblingsbeschäftigung.

„Muss das heute sein?", versuchte er den Auftrag abzuwimmeln.

„Ja, es muss, die Sonderangebote gelten nur noch heute."

„Du und deine Sonderangebote", lachte Roman. „Würde mich interessieren, ob die wirklich so viel bringen!" Sie rechnete ihm vor, dass sie bei diesem Einkauf mit nur wenigen Produkten rund 9 Euro sparen würden.

„Wie du meinst, holdes Weib", schmunzelte Roman und zog sich die Schuhe an, um in den Supermarkt zu fahren.

Wenn Roman schon einkaufen musste, ging er ganz strategisch vor. Anhand der Liste legte er schon vorher die Route fest, die er mit dem Einkaufswagen zurücklegen würde. Wo die Waren zu finden waren, wusste er so ungefähr.

Nichts hasste er mehr als Kunden, die jede Reihe von vorne nach hinten gemächlich abfuhren und noch dazu vor jedem Regal stehen blieben, um alle Angaben auf den Verpackungen, womöglich noch mit einer Lupe, genau zu studieren.

Beim Eingang in den Supermarkt warf er einen kurzen Blick auf den Zettel, und los ging's. Links zum Backshop, vis-à-vis das Regal mit dem Kaffee. Weiter in den Mittelgang zum Gemüse. Ganz nach hinten, wo das Kühlregal wartete: Milch, Eier, Käse, daneben gleich das Fleisch und die Wurstwaren. Und ab zur Kassa, auf dem Weg dorthin noch das Katzenfutter in den Einkaufswagen, fertig. An der Kassa natürlich wieder eine Schlange.

„Da steht man länger an der Kassa, als der ganze Einkauf dauert", sagte er zu einer vermeintlichen Leidensgenossin, die vor ihm stand.

Die ignorierte seine Bemerkung und räumte langsam den Inhalt ihrer beiden Einkaufswagen auf das Förderband.

„Ist eine Hungersnot ausgebrochen?", fragte er den hinter ihm Stehenden. Der strafte ihn nur mit einem verächtlichen Blick.

Endlich war Roman an der Reihe. So schnell, wie die Dame an der Kassa die Waren über den Scanner zog, schaffte Roman es nicht einmal, das Portemonnaie herauszuholen.

„Ich zahle mit Bankomatkarte", sagte er. Die Kassiererin drehte das Lesegerät zu ihm, und Roman steckte die Karte in den Schlitz.

„Vorgang abgebrochen", erschien auf dem Display.

Beim zweiten Versuch kam nach dem Einstecken der Karte der Hinweis: „Karte kann nicht gelesen werden".

Die Kassiererin und die Kunden in der Schlange wurden langsam ungeduldig.

„Sich über andere aufregen und dann selber alles aufhalten", maulte eine alte Dame.

„Geben Sie schon her", sagte die Kassiererin, sichtlich genervt. Roman gab ihr die Karte, sie reinigte den Chip darauf, indem sie ihn an ihrem Arbeitsmantel rieb. Er steckte die Karte nochmals ein und wartete unruhig auf die Meldung auf dem Display. diesmal konnte die Zahlung endlich abgeschlossen werden.

Roman räumte an einem der Tische vor dem Ausgang die Waren aus dem Wagen in seinen Einkaufskorb und kontrollierte dabei die Rechnung. Er spürte förmlich die zornigen Blicke jener Leute, die wegen ihm hatten warten müssen. So schnell wie möglich trachtete er zu seinem Auto zu kommen. Nichts wie heim!

Es waren einige Kilometer auf der Landstraße zu fahren, denn der große Supermarkt lag am anderen Ende der Nachbarortschaft.

Er war noch nicht weit gekommen, da stotterte der Motor. Sein erster Blick fiel auf die Benzinuhr. Dort leuchtete ein kleines gelbes Licht. Von den kleinen weißen Balken, die den Treibstoffvorrat anzeigten, war keiner mehr zu sehen, also war auch die Reserve aufgebraucht.

„Verdammt, jetzt auch noch kein Benzin mehr", fluchte er. „Wie gibt's denn so etwas?"

Er konnte den ausrollenden Wagen mit Mühe noch an den Straßenrand lenken, sodass er den Verkehr nicht behinderte. Roman griff in die Jacke und tastete nach seinem Handy, um seine Frau anzurufen.

Vergebens, die Innentasche war leer.

Er hatte das Handy zuhause vergessen. Roman musste zu einer Tankstelle, so viel war klar.

Er stieg aus und versuchte mittels Handzeichen ein Auto aufzuhalten. Aber es blieb keines stehen. Resignierend wollte er sich zu Fuß auf den Weg machen, als ein Wagen neben ihm hielt. Roman machte die Türe auf und sah jetzt erst, dass es ein Taxi war.

"Wo soll's denn hingehen?", fragte der Lenker. Roman erklärte ihm, was passiert war und dass er zur Tankstelle müsse, um dort einen Kanister auszuleihen, und mit Benzin zurück zum Auto. Der Taxler hatte gerade keine Fuhre und ließ Roman einsteigen. Als Roman wieder bei seinem Auto war, bezahlte er das Taxi. Die Rechnung betrug 16 Euro 50.

Er füllte das Benzin ein und startete. Er hatte erwartet, dass der Motor nicht sofort anspringen würde, doch er benötigte so viele Startversuche, dass ihm angst und bange wurde. Endlich lief der Motor. Als er die Wohnungstüre öffnete, hörte er schon seine Frau: „Sag einmal, wo warst du denn so lange?"

Roman musste sich zurückhalten, um nicht gleich seinem Ärger Luft zu machen.

„Ich habe dir noch nachgerufen, dass du dein Handy hast liegen lassen und dass der Tank fast leer ist. Aber du hast mich nicht mehr gehört. Ich hab gehofft, du würdest es schon bemerken, bevor du losfährst, und zurückkommen."

Roman war sauer, vor allem auf sich selbst, weil er nicht vorher geschaut hatte.

„Ja, es gibt eben immer Sonderangebote, die man nutzen muss", musste er schon wieder grinsen. „9 Euro beim Einkauf gespart und 16,50 fürs Taxi ausgegeben, wenn das kein Schnäppchen ist!"

„Komm her, du Einkaufsgenie", lachte die beste aller Ehefrauen und drückte ihm einen Kuss auf die Wange.

Weitere Kurzgeschichten des Autors

Augenblicke des Lebens

ISBN 9783746013695

Leseprobe:

Auf dem Dachboden

Heute ist wieder so ein Tag, an dem man besser im Bett geblieben wäre. Draußen regnet es unaufhörlich, und die Lust, außer Haus etwas zu unternehmen, ist gleich null. Aber ich könnte den Tag nutzen, um einmal den Dachboden gründlich aufzuräumen, überlegte ich. Also schritt ich zur Tat. Es hatte sich so einiges angesammelt.

„Wo fange ich da überhaupt an?", fragte ich mich.

Während ich überlegte und mein Blick über das Chaos glitt, fiel mir eine alte Holzkiste auf. Neugierig geworden, öffnete ich sie. Zu meinem Erstaunen befand sich neben alten Puppen und anderem Spielzeug auch ein Schuhkarton darin. Vorsichtig öffnete ich ihn und sah, dass er alte Fotos enthielt. Jetzt erinnerte ich mich daran, wie ich bald nach der Hochzeit bei Kurt ins Haus eingezogen war. Vieles, das ich aus meiner Wohnung mitgebracht hatte, war hier auf dem Dachboden verstaut. Ich setzte mich in den alten Fauteuil, den Kurt keinesfalls entsorgen wollte, weil er ihn an seinen geliebten Opa erinnerte. Zu dem hatte er ein ganz besonderes Verhältnis.

Foto um Foto nahm ich aus der Schachtel und tauchte in die Erinnerungen ein.

„Ach, hier ist Luigi", sagte ich lächelnd. Luigi war ein Italiener aus Ravenna.

Ich hatte ihn vor der Hochzeit mit Kurt kennengelernt. Das muss jetzt zwanzig Jahre her sein, überlegte ich.

Es war auf meiner ersten Reise mit dem Auto. Meine beste Freundin Monika und ich fuhren nach Italien. Ich hatte gerade meine Führerscheinprüfung bestanden. Von meinen Eltern bekam ich zum 19. Geburtstag einen gebrauchten Fiat 500 Topolino geschenkt. ...